U0917571

吴钧陶 著

云 影

上海辞书出版社

图书在版编目(CIP)数据

云影/吴钧陶著. —上海：上海辞书出版社，2016.8
（开卷书坊. 第五辑）
ISBN 978-7-5326-4675-3

Ⅰ.①云… Ⅱ.①吴… Ⅲ.①随笔—作品集—中国—当代 Ⅳ.①I267.1

中国版本图书馆CIP数据核字(2016)第137160号

云影
吴钧陶 著
丛书策划/蔡玉洗 董宁文 责任编辑/杨 凯
美术编辑/姜 明 技术编辑/顾 晴

上海世纪出版股份有限公司
辞书出版社出版
200040 上海市陕西北路457号 www.cishu.com.cn
上海世纪出版股份有限公司发行中心发行
200001 上海市福建中路193号 www.ewen.co
苏州越洋印刷有限公司印刷

开本787毫米×1092毫米 1/32 印张8.5 插页4 字数140 000
2016年8月第1版 2016年8月第1次印刷

ISBN 978-7-5326-4675-3/I·313
定价：38.00元

目 录

第二辑　域外奇葩

自 序

这个世界是人类的世界。古往今来，亿万人来了又走，“生存与毁灭”，昭示每人一段人生路，各自上演一出喜怒哀乐、悲欢离合、生老病死的悲喜剧。芸芸众生，影影绰绰，在我这个老迈昏聩、望九之年的人的脑海里，时隐时现。我的亲人、我的好友、我的师长，很多位已经故去。杜甫诗云：“访旧半为鬼，惊呼热中肠。”思之，常使我陷入无可奈何的沉默之中。

我这一生，一直与纸笔为伍，买书、藏书、写书、译书、编书，自号“纸囚一世”。虽用力甚勤，而成绩甚微。但是，也许是病残之躯，已经习惯于冥思苦想，头脑活动停不下来。想到什么，不免要把那一瞬而过的东西留下来，写下来。不过，生活中杂事太多，烦事不断，真正形诸笔墨的、可以一读的文字却很少。

这本小书里的文章，就是我努力留住的关于我的亲朋好友、恩人师长的一些印象。还有就是我在编、写、译的过程中，对于一些中外文学大家的研究和学习的成果。世事倥偬，命运多舛。我没有时间和精力，也许更没有能力为哪一位人物写一本详尽的传记。所以，这本书里都是篇幅较短的人物印象。

几十年来，我一共“生产”了“五影”，即《剪影》《幻影》《留影》《心影》，以及这本《云影》。如果书籍可以用孩子来比对，那么我有了五个“影”字辈的孩子。老大、老二和老三都是诗集，老四、老五算作散文集。并不是我标新立异，追求广告效应。其实，我的第一本诗集《剪影》，是出版社编辑替我取的名，我投稿时好像自题为《人间小唱》。第二本诗集《幻影》，是河北教育出版社为奖励我主编了《马克·吐温十九卷集》而为我出版的。原来自已题为《祈祷》，但是发现另一位诗人的诗集《祈祷》已经出版。为了避免“撞衫”，改为《幻影》。后来几本就索性“影”下去了。要说明的是，《留影》未在大陆出版，书店不销售，看到的人不多。《心影》仍在排队等待付梓。也许到了我的“鲐背之年”，可以把它从“产房”里抱出来，见见我这个衰朽不堪的老爷爷了。

因此可以说，这本《云影》是我在国内出版的第一本散文集。我的“忘年交”韦泱先生见我出书困难，特为我从我的一大堆旧稿中，精心费力修改、编选而成，并找到《开卷》主编董宁文先生，请他编入“开卷书坊”之中。又承蒙好友周莲女士为我打字。没有他们的帮助，我无法获得这个意外的“宁馨儿”。

天下还是好人多。在这里，我向他们致以诚挚的敬意和谢意！还要感谢我无法见面的书迷、书友们，你们不吝花费金钱和时间来读我这本小书。多谢了！

吴钧陶

二〇一五年十二月九日夜十一时十五分

第一辑

大家与我

巴金先生和我

巴金先生帮助过许多人，在我这平凡而又多灾多难的生命之旅途中，他曾给我以援手。

少年时期，一场大病使我卧床五六年之久。等到我挣扎着撑起双拐站起来的时候，时间的列车早已开过了我本该在学校求学的站头，我不得不凭着病中自学的一点本钱去工作。

一九五二年，我进了太平洋出版社。太平洋很大，可是这家出版社设在一个客堂间，工作人员只有夫妻两人，我算是编辑，然而没有工资，只编写了三本小书，稿酬很低。于是我转入一家进出口公司当小秘书。写信、打报价单、跑海关，这样的工作不合我的志趣，我便在业余时间，试着翻译文学作品。

我拿了一部八万字的译稿去巴金先生办的平明出版社。接待我的是他的弟弟李采臣经理。不久，译稿因错误百出，被退了回来。我很失望，觉得做文字工作的路走不通了。

万想不到不久李采臣先生光临我家，试探我可愿进平明出版社。这是我求之不得的事。后来我才知道此事曾受到抵制。

平明出版社编辑海岑（陆清源）先生还打电话给巴金先生表示反对。海岑先生后来同我很友好，不时来我家下棋、吃饭、闲聊。现在他已去世。但是当时他反对完全有理由。我一无文凭，二无作品，能干编辑出版这一行吗？巴金先生却力排众议，接纳了我。他和我非亲非故，为何“出此下策”呢？

我想也许我的一篇自传写得不坏。李采臣先生嘱咐我写自传，可能是要了解一下我的经历。我的经历是非常简单的，几行字就能写完。我则当作一篇考试作文来写，写得颇为“文学”。另外，我还有诗作的手稿。也许是这些，巴金先生认为我还不是朽木不可雕。

我在平明出版社工作大约一年多，便碰上了工商业社会主义改造、私营企业实行公私合营的大潮，出版社连同人员和书稿都并入新文艺出版社。再过一年，便掀起反右的惊涛骇浪。我翻了船，一沉没，也就是沉默，达十多年。这期间，我“夹着尾巴”，无颜见人，自然也没有去拜访巴金先生。

“打入另册”以后是动辄得咎的。“文化大革命”中，无论我如何火烛小心，三万思而后言、而后行，也仍然躲不了成为“牛鬼蛇神”的命运。我被驱入“牛棚”。很荣幸的是，与我为伍的，不但有出版社的“走资派”，还有不少知名人士。更为荣幸的是，我这个无名小卒竟然成为巴金先生的“黑干将”。张贴在淮海路上的一张大字报，历数巴金先生招降纳叛的“罪行”，列出一份“黑名单”，我赫然榜上有名。

巴金先生在《随想录》第八十四篇《解剖自己》里说道：“我到杂技场参加批斗会的次数不少，其中两次是以我为主的，一次是第一次全市性的批斗大会，另一次是电视大会，各个有关单位同时收看，一些靠边站的对象给罚站在每架电视机的两旁。”当时不知全市有多少人“陪斗”，我所在的人民文学出版社上海分社（后改为上海文艺出版社），陪斗者是赵家璧、海岑和我，这是又一次难忘的经历。

拨乱反正以后，妖雾扫净，重见天日。我从工厂中“战高温”的岗位调回出版社的资料室。这次是新从上海文艺出版社独立出来的上海译文出版社。不久，巴金先生也被“落实政策”，来到译文出版社。他常来看看图书资料，我和他见面的机会就多了，但是劫后余生，大家心有余悸，因而很少交谈。

忘记是哪一年了，近年关的时候，听说在一九五八年全家“支内”去宁夏的李采臣夫妇回沪休假。平明出版社老同事陈漪女士和我合计着宴请他们。当时的所谓“宴请”，我们只能做到把两家按户配给的禽蛋肉类合在一起，弄几样小菜，跟现在一席千金万金的盛宴怎能相比！我们的联合晚宴的宴席设在多次抄家后的我的“公馆”里，当时也请了巴金先生和巴金先生的妹妹李瑞珏女士，她是我们的同事（在财务科工作），但是猜想他们不会驾临的。想不到他们竟然都来了，还是夜间踏着积雪走来的。这是另一段难忘的回忆。

饭后，我拿出险些被抄走的集邮簿以娱嘉宾。我有一套梅兰芳邮票，但是缺一张小型张。我遗憾地告诉他们，因为面值三元，我买不起，后来想补购，却买不到了。

第二天，记得出版社里开联欢会，我献丑高歌一曲，退场后，遇见巴金先生。他说：“想不到你还会唱歌。”同时给我一个信封。使我万万想不到的是：信封里有一张梅兰芳小型张！这简直是太珍贵了。其珍贵不但是它的罕有，更珍贵在巴金先生对人的关心。我无意中表达的一件小小的憾事，却承蒙他牢记在心，并且设法弥补，使我满足。

许多年来，我没有去看望巴金先生。因为他身体不好，又专心写作，我生怕打扰他。拜望他的中外宾客络绎不绝，我不能再占用他宝贵的时间和精力了。但是我一直感谢他，怀念他，心中祝愿他健康长寿。

在巴金先生九十寿辰之际，我写了一首十四行诗敬贺。这里抄录这首诗来表达我的心意：

贺巴金先生九十寿辰

你有一颗珍贵的金子般的心，
那是心形的海洋，沸腾着热情，
汩汩地喷涌出千万行文字的激流，
滋润着一代代渴求养料的根。

如果笔和舌感到说真话的困顿，
那是因为正义曾经被监禁，
群魔乱舞中历史遭扭曲而变形。
语言已不能接受灵魂的指令。

漫长的五四道路上您从来都真诚，
一步步留下了汗水和闪光的脚印。
辉煌来自奉献和深爱着人民，
因而您属于世界，也属于永恒。

今天举国庆贺您九十岁寿辰，
我献上一颗钦敬和感谢的心。

巴金（左三）、他的妹妹李瑞珏（左二）与吴钧陶（右一）及吴钧陶的妻子杨昭华（左一）

草婴先生父女

乍见《深圳商报》上的一幅大照片，不胜惊喜。原来是该报为草婴先生八十华诞做了专访，写了长文，配上这幅约有十六开本杂志那样大小的他本人的照片。据我所知，作为一位“译星”，而不是影星、歌星、球星、模星，而做规格如此之高的介绍，恐怕是史无前例的吧。不过，专文的第一句话说：“草婴是谁？不少人都不知道。”我却要存疑。介绍草婴先生的文章屡见报刊，他在中央电视台“东方之子”、上海电视台等的节目中也都亮过相。再说，他翻译的《拖拉机站站长和总农艺师》、《新垦地》、《一个人的遭遇》、《当代英雄》、《复活》、《安娜·卡列尼娜》、《战争与和平》等等，印数超过几百万册，读者超过千万人。再说，“文革”期间，他还被打成“中国的肖洛霍夫”、“修正主义大毒草的吹鼓手和推销员”，遭到过大场面、大规模的狠批猛斗。总之，无论从正面还是从“反面”都造成了巨大的影响，怎么会有许多人不知道草婴何许人也呢？挠头一想，这也难怪，时代不同了嘛，市场经济、眼球经济在发展，新新人类在后浪推前浪，许多人已经远离文学或纯文学，更不用说翻译的经典文学了。草婴先生六十多年来辛辛苦苦、勤勤恳恳地耕耘的，正是俄苏文学这块富饶的沃土。不吃“黑列巴”（俄文面包），当然不知道耕者是谁。当然还有不少读者，书是看的，但是从来不注意译者的大名。如果是后者，即吃了鸡蛋而不知道是哪只母鸡下的，这并不罪过，淡泊名利的草婴先生会不以为忤。如果是前者，即视经典文学为废纸或粪土，那就是我国文化方面的可悲现象了。

六十年辛苦不寻常。累累硕果被收入了八卷本《肖洛霍夫文集》（其中草婴先生译三卷）和十二卷本《托尔斯泰小说全集》之中。以一人之力，译出四五百万字的文学作品，如果没有锲而不舍、坚忍不拔、坚持不懈、誓把冷板凳来坐穿的精神，是万万不行的。不信，试请一位没有耐心的人单单把这么多卷的大著从头到尾读一遍，就知道数十年如一日埋头译书有多么辛苦。草婴先生具有怎样的精神，才能完成这样了不起的文化工程！而且应该知道，这六十年里，有十多年他和大多数知识分子一样，处在恶浪翻滚的厄运之中。不但是批斗，他还遭遇肠胃大出血、胃切除四分之三，以及脊椎骨骨折后在床上直挺挺仰卧近一年的痛苦折磨。据知，草婴先生翻译托尔斯泰许多重要作品，是在他九死一生之后，带着病弱之躯，尽力完成的。“虽九死其犹未悔”，这是什么精神！这需要多大的毅力！

一般译者，比如在下，如果被问到为什么搞翻译，恐怕会一时语塞。或者会答曰为了爱好，为了稿费，为了完成约译任务等等。有人开玩笑说，翻译就是抄书，把外文抄为中文，中文抄为外文。这就是无目的论。然而草婴先生非常严肃地对待翻译工作，他认为世界要避免战争，消除使人类遭受种种苦难的根源，就必须宣扬人道主义，而肖洛霍夫和托尔斯泰都是伟大的人道主义者，草婴先生崇敬他们，希望我国读者对他们的艺术和思想有所了解，对人道主义精神有所感悟。这样的目的是崇高的，值得我这样的糊涂译者学习和借鉴。

草婴先生使我钦佩的地方不仅在他对待翻译的态度方面，而且更主要的是他为人处世方面。他说做人“要有心、有脑、有眼睛、有脊梁、有胆”，简言之，就是有胆有识有良心。我有幸认识草婴先生时间不算短，但是接触不算多，这方面的事情有待他自己“交代”。但是在我看来，他一生不肯“出仕”就是一件了不起的事。他年轻时已入党，解放后如果愿意当外交官或者文化宣传干部，一定会青云直上的。看到《深圳商报》那篇专访时，我才知道，粉碎“四人帮”之后不久，上海市委宣传部副部长洪泽同志要他担任上海译文出版社总编辑，他却要专心翻译而婉拒之。我当时正在这家出版社里做资料员，记得是社长周晔（周建人部长的女儿）离任后，社领导空缺。其实，做领导和翻译可以两不误的，只不过译书的进展慢一些而已。一个人，在“文革”之类的迫害压力下不弯腰，又在别人看来是很好的机遇面前不动心，我认为可以说明他的有胆有识。至于有良心，我觉得可以他《在上海作协大厅》这篇文章中记叙的事例说明之。“反胡风”和“反右”两次轰轰烈烈的运动搞得天翻地覆的时候，北京和上海的报刊都要草婴先生写揭批文章，一次是写关于张满涛的，另一次是写关于傅雷的，这两位都是著名的翻译家。草婴先生竟然一个字都没有写，连敷衍一下写点不痛不痒的话都没有。如果知道在那种形势之下，这要承担多大风险，遭受多大压力，就会明了草婴先生是一位真正有良心的人。相比之下，那些落井下石、卖友求荣之辈怎能不汗颜？不过，没有良心的人根本不会汗颜，我只算说了废话。

草婴先生令我感动的地方还有他平易近人、礼贤下士的态度。他早就是赫赫有名的人物，而我则是进新文艺出版社不久就因诗得祸成为小“右派”的小人物，是不可能“走到一起来了”的。世事真难逆料，“文化大革命”一来，我们倒是都成了“牛鬼蛇神”之属。我本来以为这次可以幸免于难，因为那种像病毒一样看不见的“冠状”物已在几年前从我头上被摘去，而且我一直在谨小慎微不敢乱说乱动中生活，“日出而作，日入而息……帝力于我何有哉”。但是那些“彻底的革命派”仍然不放过我，他们查到我父亲解放前拥有的股票上有我的名字。现在的青年人不会明白，拥有股票有什么稀奇，可是那时候，这种资产阶级的玩艺儿就把我送进了“牛棚”。我进的是大“牛棚”，棚址在上海绍兴路54号上海人民出版社那间堆破旧杂物的仓库，原来可能是汽车库，只有门，没有窗，围杂物而坐在破椅歪凳上的“牛”有三十来“尾”。不少是名“牛”，比如张满涛、罗稷南、赵家璧、韩侍桁、刘金、李兰、陈向明，以及当时上海文艺出版社的社长、总编和几名未摘帽的右派等。我是小“牛”，奇怪的是有一段时候关我们的“牛倌”叫我领读“老三篇”和《毛主席语录》。大棚里的“牛们”经常要写检查交代，被领出去批斗，但是可以早（上）进晚（上）归（回家）。草婴和我们不同，大概因为是要犯一样的“要牛”，他被关在楼上哪间小屋里隔离审查，不许回家。据知还有一名“反革命”译者李俍民，因为竟然对外调人员拍桌子，摔凳子，一下子从群众队伍里被揪出来隔离审查。他是否也被关在草婴那间“特等舱”里，我至今不得而知。我们在暗无天日的大棚里做牛大概有八个月之久。草婴或许时间更长一些。但是后来林彪“一号命令”一下，上海宣传出版系统全体人员和“牛员”都在工宣队、军宣队、造反派的带领下，“拉练”开拔到奉贤县海边的“五七干校”去“斗批改”了。一共大约五千人吧，全部军队编制，分为连、排、班。上海文艺出版社时称第五连，搞运动的同时，在盐碱地上种蔬菜。我被分配到工具间管农具。草婴不知属于哪个连队，我也是读了《深圳商报》才知道，他在一九六九年夏天被派去割水稻，以致十二指肠大出血，五天五夜滴水未进。大约过了三四年，大批“人牛”陆续调回市区。我较早地被派往化工厂“战高温”，草婴仍受监管，干重体力的劳动活。一九七五年一月二十八日，一包一百斤重的水泥从卡车上卸下来，在车下接货的他身材瘦弱，体重还不到一百斤，车上的人竟然猛地一下甩在他的背上，“咔”的一声，造成他胸椎骨折。

我写下以上这些不堪回首的、不可思议的、黑色幽默式的往事，好像有些离题。然而写着写着就难以止住，而且如果我不借题发挥，这些难得的人生经历湮没在身后的迷雾之中，岂不可惜。

一九七八年，拨乱反正时期，上海译文出版社成立。我是在一九七四年九月十八日从燎原化工厂调回这一出版社的前身——上海人民出版社编译所的。先回资料室，再调编辑室，编了几本“译文丛刊”。其中第一本《暴风雪》当中收了两篇草婴先生翻译的托尔斯泰的中篇小说。“文化大革命”对文化斩草除根，弄得寸草不生，这时候才“离离原上草”了。草婴先生正是由白居易这首《赋得古原草送别》给自己取了这样的笔名。他的大名原是盛峻峰。一个人的名字是不是可以预兆一个人的命运，我不知道；但是草婴先生的名字我觉得能象征他性格的谦虚柔和的方面。我看他的译稿不用担心自己意见提得对不对，好不好，他会很虚心地对待。这时，他已是复出的大译者，而我则是吃回头草的小编辑，彼此不再是有难同当的“牛”了，所以我对他平易近人、礼贤下士的态度特别敏感。此后，我和他的交往多起来。一九八六年，上海翻译家协会成立，他就任会长，每有活动，作为会员的我们都受到他“倒履相迎”、逐桌相问的接待。一九八九年，草婴先生率领我们几个爱诗的译者去嘉兴朱生豪故居，追念这位译界楷模。一九九〇年，草婴先生给我机会去北京参加汉译英的学术会议。我几十年足不出“沪”，这是我头一次乘“软卧”，过黄河，上长城。当时我已退休，退休金每月一百四十八元，如果没有单位批准报销差旅费，自己负担是困难的。而出版社报销则要认可对方的邀请信。我是上海翻译家协会的唯一代表，草婴先生不算徇私，因为我在“文革”中偷偷翻译挨批的“儒家”杜甫诗为英文，并在香港出版，后来还出版了英译《唐诗三百首》，然而，没有他的关照，我也不会有这次远行的幸运。

一九八七年七月三日，苏联作家协会在莫斯科授予前往出席第七届苏联文学翻译国际会议的草婴先生“高尔基文学奖”。苏联解体后，俄罗斯不再设立这一奖项。我国作家和翻译家之中，惟有草婴获得这个荣誉。国际人士是因为亲眼见到他排成一长列的几十本译作而折服于他的成就，而经常接近他的人更感受他超过常人的生命力。古语云：“厚德载物。”正是在他不平凡的品德基础上，才建造起了不平凡的作品大厦。

二〇〇三年三月三十一日，俄罗斯驻沪总领事馆为草婴先生举行祝贺他八十寿辰的酒会，总领事柯安富给了他一封热情洋溢的贺信。

在此之前十天，即三月二十一日下午，盛姗姗女士假太仓路“新天地”举行绘画与玻璃雕塑艺术展及酒会。她用这种方式来庆贺她的父亲草婴先生的八十大寿，是十分有意义的事。

草婴先生姓盛，夫人也姓盛（名天民）。这样的盛会，我竟然受到邀请躬逢其盛，真使我高兴。到场的有中外知名的当代抽象表现主义艺术大师。姗姗女士陈列在浦东金茂大厦五十八层楼上的那幅《新千年的曙光》堪称她的代表作。画幅之大，达到6.8米×15.3米，内容之大气磅礴、汪洋恣肆，色彩之绚丽灿烂、变幻莫测，令人叹为观止。然而画面中没有具体的形象，既没有人物，也没有山水花鸟。画家画的是她的内心世界，她的思想、情绪、感觉、希望和祝愿。我想姗姗女士艺术作品的主要风格大概尽在其中吧。当然，这样大幅的作品不可能陈列在一般的展厅里，我是从她赠送的画册上得到的印象。恐怕没有一个观赏者曾经观赏过她的全部绘画和雕塑作品，除非他是个漫游世界的旅行家。因为姗姗女士的作品遍布在北京、上海、重庆、香港、台北，以及美国的哈佛大学、马萨诸塞理工学院、威斯康星大学、加利福尼亚州和伊利诺伊州的一些图书馆和公司大厦之中，还有欧洲一些地方。因为有些作品是固定在建筑物上的，有的是大到难以搬动的，有的则是被永久收藏的。她自己说："我的艺术生涯历经艰辛，足迹遍及世界各地。"姗姗女士1957年诞生于上海，十岁时就碰到"文化大革命"的灾难，父母被隔离审查，家中只剩下她和哥、姐三人，如何度日？改革开放的一九七九年她考入上海戏剧学院美术系，毕业后在《萌芽》杂志任美术编辑。一九八二年，她获美国蒙赫利·约克学院全额奖学金只身前往攻读美术。几十年的时间里她经历多少艰辛和磨炼，真希望她有一本自传告诉世人，但是在千锤百炼之后，现在她是一位站在世界艺坛上的一位光彩照人的艺术家了。

姗姗女士还说："我的父母草婴、盛天民，我人生的引路人。"这句话里深含着女儿对父母养育之恩的感激深情，她这次的艺术展是献给父母的。草婴先生认为自己对女儿的艺术事业是任其发展，并没有用自己的艺术观念影响她。不过，我觉得盛氏家庭中的书香和艺术氛围的潜移默化肯定发生过影响。而且从科学观点来说，DNA作用肯定是至深且巨的。不然，姗姗女士对真善美的执著追求，对逆境的斗争精神，对事业的勤恳努力、锲而不舍的意志是从哪里来的呢？再说，如果不是继承了盛天民女士的基因，为什么母女颇为相像，而且同样气质高雅、美丽动人呢？

我替姗姗女士的两本画册的序言作了英译汉的工作，得到她四本画册相赠。欣赏之余，对于当代的抽象表现主义画派的理论和实践稍有启蒙性的知识，然而，我不是画家，也不是鉴赏家，对于文艺的看法只凭初级阶段的直觉和口味。我曾经很外行地问姗姗女士，是不是可以既画抽象画，也画写实派的画。我心中想的是徐悲鸿、林风眠、吴作人的画。事后想想，一位艺术家的风格是长期形成的，不能同时走两条路，坐两艘船，乘两架飞机。我的问话，大概只能以天真的傻话视之。盛姗姗女士的艺术境界一定会更宽、更广、更高，欣赏者更多。

那天艺术展还招待丰盛的自助餐。既饱眼福，又饱口福，乃人生一乐也。回家后，思索良久，数易拙稿，完成了一首十四行诗《美的盛宴》，秀才人情，聊作回报吧。抄录如下：

像阳光碎裂成闪亮的七彩珍宝；
像盛装的神仙鱼出没在浅海珊瑚礁；
像火山的熔岩流淌时忽然凝固；
像飞天的饰带飘曳为银河的波涛。

你心中喷涌的想象美丽又奇妙，
画笔似野马在天地间尽情地奔跑。
你用现代的目光审视着万物，
看见抽象的形状而略去外貌。

玻璃雕塑是精气神的具体创造，

把诗意和哲理纳入晶莹的闪耀。

如果这世界就是个艺术展览会，

《新千年的曙光》是天下太平的预告。

你《梦回神州》的时刻请别烦恼，

故土将永远向落叶敞开怀抱。

在朱生豪故居前

草婴（左一）、钱春绮（左二）、宋清如（朱生豪夫人，左三）、吴钧陶（右一）

诗人屠岸

我把自己称作“诗人”，并且公然印在名片上。这是因为我爱好的诗歌，也写写好诗和歪诗。而且，名片嘛，名人不需要的这种片，我辈则需要用来向陌生人展示自己是“什么什么的干活”。不是CEO，不是VIP，就印一个POET吧，想吓住不明就里的诗外行，倒也沾沾自喜，自以为得计。

可是自从认识屠岸先生，并且交往多年，对他逐渐深入了解以后，我就暗自叫起：“惭愧，惭愧!”

在我国当今诗歌园地里，屠岸是一株乔木玉树，引人注目。长成这样一株大树当绝非一日之功，肥沃的土壤从它还是幼苗的时候就培育着它。

屠岸的母亲屠时于一九一二年毕业于武进女子师范学校，是该校第一期毕业生。那时候，妇女刚刚从缠小脚的封建迫害下解放不久，能够进新式学校读书，当时是很先进的。她毕业后在江苏、湖南、辽宁、北京等地的中学执教，不但音乐、美术、体育、国文样样都教，而且写诗、作曲、绘画、弹琴样样都行，即使以今天的标准来看，也是一位杰出的才女！她于一九七五年以八十二岁的高龄去世，没有“青史留名”，也没有留下作品，但是她的“艺术细胞”必定在屠岸的身上起了作用。屠岸从小就是一位诗的爱好者、画的爱好者、乐的爱好者。他从母亲那儿听熟了、也背熟了用家乡常州口音吟诵的唐诗宋词，到老都不会忘记。屠岸在中学读书时，风景画得过第一名。高中毕业后，他准备投考上海音乐专科学校的作曲系。这充分说明，他的内心充满着不肯安分的艺术细胞，一直感觉到缪斯女神在冥冥之中的召唤。

再说这位爱诗者对诗的痴迷状况，那真是到了“不可救药”的程度。学生时代，他沉迷于读诗和写诗，有两次为了思索一个合平仄的汉字或押韵的英文词，竟然一头撞上树干。他学英语不是从学会话开始，而是从抄了一百多首英诗的题目在纸上，贴在墙上，用带羽毛的针远远掷去，针扎在哪一首，便找来研读哪一首开始的。两年之内他把这一百多首诗全都研读了一遍，并把其中最爱的一些背到滚瓜烂熟。有一次，在理发店里，忽然领悟了英国诗人济慈的一句诗“pipe to the spirit ditties of no tone”（吹奏没有调子的心灵小曲）的深意，竟然情不自禁地立起来，大呼：“好诗！”还有一次，他许多夜晚通宵达旦地写诗、抄诗、改诗，兴奋不已，甚至泪眼模糊，忘了那是深更半夜，他大声朗诵自己的诗作："天地坛起火了！"叫喊声把邻室人惊醒，以为那间祭天地的小庙宇真的起火了。等到问明真相，邻室人哑然失笑，送给他一个雅号"诗呆子"。

我不知道世界上为什么没有诗歌专科学校。如果有的话，这位诗呆子在年轻的时候一定会去报考，并且成为诗博士或诗状元。因为没有，所以（我想）他报考了音专，却落选；又想报考美专，却受阻于他的父亲。他的父亲蒋骥曾留学日本，是一位建筑师和土木工程师，一九二八年任职于辽宁省四洮（今四平至洮安）铁路线时，六岁的屠岸曾随父母居住在四平街（今四平）。父亲希望他子承父业，性格温驯的屠岸，不得不在一九四二年毕业于常州旅沪中学以后，考入上海交通大学铁道管理系。密如蛛网的火车路线，很可能把屠岸的人生道路牵引到不知何处。

可是酷爱诗歌的这位"呆子"痴心不改，他自己说已是"病入膏肓"。他人在课堂，魂飞天外，一次考经济地理，他面对试卷，一片茫然，竟然在失魂落魄的状态下，把试卷翻过来，默写了一首英国诗人霍斯曼的《最可爱的树》的原文，交了卷。主考的冯教授不知道他是一位"最可爱的诗呆子"，怪不得要训斥他一顿，无可奈何地拿着这份天下最奇怪的经济地理的“答卷”，不知给几分才好。

自从一九三七年日本侵略军蹂躏我国大片土地之后，上海因外国租界的原因，尚未遭到敌伪全面控制。直到一九四一年十二月七日太平洋战争爆发，日寇铁蹄踏进了上海“孤岛”，才情况大变。许多学校关闭或内迁，许多爱国青年纷纷离沪赴内地或解放区。屠岸没有离开上海，因为他体弱多病。这样，也许因祸得福，第二次世界大战的烽火和炸弹摧毁了一位可能的铁道管理专家的并非梦想的前程。屠岸在养病期间仍然痴心不改地参拜他的缪斯女神。他在报纸副刊上发表了一些译诗。这是一九四一年日寇进驻“孤岛”以前的事，译诗发表在《中美日报》的副刊上。日寇魔爪一伸进来，他们视作眼中钉的这些报刊自然被查封。不久屠岸开始实行翻译全部莎士比亚十四行诗的计划。据他自己说，他译这些诗的动力来自于纪念一位同窗好友。翻译不易，译诗更难，译莎士比亚十四行诗则是难上加难。如何忠实于原文，如何既达意又传神，如何在格律上不走样，这些是要同时兼顾，马虎不得的。马虎了，既对不起莎士比亚，又对不起读者。屠岸这位虔诚的诗神的信徒决不会如此亵渎神圣的。“两句三年得，一吟双泪流”，我想可以用这两句唐诗来形容屠岸差不多花了七八年时间来完成的莎士比亚一百五十四首十四行诗的翻译。《莎士比亚十四行诗集》译本终于在解放后的一九五〇年由上海的文化工作社出版。工作极端认真的屠岸对待“千古事”的文章决不善罢甘休。此书于 1955 年再版前，他作了修订；一九六三年、一九六四年又两次“作了全面较大的修订”；一九八一年出版了新一版，一九八七年第五次印刷前，又“改动了将近五百处地方”。长眠于艾文河畔的莎翁地下得知万里之外有一位对他如此忠心耿耿的翻译家，该如何欣喜啊！

一九四五年，抗日战争胜利以后，屠岸迎来了他的诗歌创作和翻译活动的又一个高潮时期。他在《文汇报》、《大公报》和《时代日报》上发表了许多作品，与上海震旦大学、圣约翰大学和交通大学的进步同学组织“野火诗歌会”，出版了三期油印的《野火》诗刊。

这时，屠岸认识了圣约翰大学教育系的女学生章妙英。她是“野火”社的成员。两人在思想意识上志同道合，在兴趣爱好上也有莫逆之契。诗使他们从结识到结婚，并且风雨同舟，共同生活了半个世纪之久。这也是诗坛十分少见的一段佳话。屠岸为章妙英写了很多爱情诗。英国诗人罗塞蒂夫妇、勃朗宁夫妇美丽动人的爱情故事，不期我们中国诗人也可与之媲美。不但如此，而且可以说更为凄美，更为悲情，更为可歌可泣。因为英国诗人从乔叟、莎士比亚开始，可以说没有一位曾经经历过我们中国那么多的天灾人祸，比如文字狱，比如帝国主义侵略，比如改朝换代、军阀内乱、政治运动，一直到史无前例的“文化大革命”，等等。

再说屠岸吧。他说：“我一生只爱过两个女人。”这是说他还有一位“初恋女友”。她是一位天主教徒，名字是董申生。她的父亲被国民党特务暗杀，她亲眼看见父亲倒毙在血泊中。一九四五年八月十日，屠岸秘密投奔苏北解放区，准备参加革命。董小姐的宗教信仰和屠岸的马列主义的政治理想发生了矛盾，同时，董小姐不愿再经历一次可能有的亲人牺牲的伤痛，两人在屠岸奔向光明的彼岸之后分手了。董小姐去了台湾，如今定居在太平洋彼岸的美国，已是年近八旬的孀妇。一九九八年四月十二日，屠岸的夫人章妙英因癌症去世。临终前，知道这一段“隐情”的她，委托住在北京的董申生妹妹，了却她一桩心愿，就是希望在太平洋两岸之间牵一根万里之长的红线，让这一对六十年前的有情人终成眷属！多么动人的爱情故事！结果如何则不得而知，但屠岸目前还是单身在此岸。

话说屠岸冒险抵达苏北解放区以后，解放区的同志劝他返回上海，从事地下工作，以迎接解放军部队的胜利到来。一九四六年二月，屠岸在上海加入共产党。此前半年，章妙英已经入党。两位地下党员、诗人，活跃在文人和学生队伍之中，从事反对国民党黑暗统治的文化战线和学生运动工作。当然，屠岸决不会忘记他的诗神，他还是常常对她顶礼膜拜。这一时期，他写了不少爱情诗，献给他的恋人。写得更多的是对当时政局和现实的揭露和声讨，是政治诗和战斗诗。不过公开发表的似乎不多。也许是因为客观环境不许可；也许是因为他正在忙于实际的革命工作。这些作品的一部分见于他多年以后出版的诗集《哑歌人的自白》（一九九〇年）和《深秋有如初春》（二〇〇三年）。

一九四九年五月二十七日，上海解放，迎来了解放全中国，直至解放全人类的革命曙光。屠岸被派往上海市军事管制委员会文艺处工作。一九四九年十月一日，中华人民共和国成立，新中国诞生了！广大群众欢欣鼓舞，知识分子，包括作家们、诗人们，迎来了生命的春天，都全身心地投入工作，想为革命尽一份力量。屠岸充满激情地写了一首《光辉的一页》，发表在一九四九年九月二十五日的《解放日报》上。

胡风在解放前后是相当著名、也相当有影响力的文艺理论家和诗人。早在一九三三年七月，胡风便在上海任中国左翼作家联盟宣传部长，与鲁迅、冯雪峰、周扬等进步文化名人多有来往，他的周围更有一大批尊敬他的青年诗人和作家。新中国一成立，各大报刊都刊登了胡风的长诗《时间开始了!》。屠岸和诗友们在组织“野火诗歌会”并出版《野火》诗刊时，就受到胡风和他的《七月》及《希望》诗刊的启发。一九五〇年初上海市军管会文艺处出版《戏曲报》，屠岸任该刊编辑。屠岸为了约稿和听取意见，于一九五〇年春天前往永康路访问当时住在上海的胡风。这本是一次很平常、也很正常的访问，然而屠岸却因此得到一好一坏的两个结果。闲谈中，胡风知道屠岸正在翻译莎士比亚十四行诗，但是屠岸在当时革命情绪高涨的气氛中觉得出版莎翁的诗不合时宜。然而胡风鼓励他，并且说莎翁的诗是影响人们灵魂的东西，永远不会过时。这使屠岸打消了顾虑，终于使这部诗集在一九五〇年出版。这可以说是好的结果。至于坏的结果嘛，那可是晴天霹雳，五雷轰顶，差不多招来灭顶之灾!

一九五三年，屠岸奉调北京，先任中央文化部艺术局的《剧本》月刊编辑；次年任中国戏剧家协会主办的《戏剧报》

的编辑。章妙英原在上海，任华东军政委员会文化部副部长彭柏山的机要秘书，这时也调往北京。全家从此定居首都北京。在这自古就是人文荟萃的文化都城，他们本来可以大展宏图，笔底生出一朵朵美丽的香花，为人民、为国家增光添彩。可是，阶级斗争一浪接着一浪，一浪高过一浪，把多少知识分子抛上抛下，翻滚浮沉，折腾不已。

胡风的文艺理论虽然是“左翼”的，但是和政府中文艺界领导人及一些作家不时发生冲突。胡风倡导的是一种“异己”的、非主流的文艺思潮。从四十年代起，主流方面就开始了对他的批判。当时出版了《胡风文艺思想研究资料》就是大批判的信号。不想在一年多以后，他竟然写了三十万言的《胡风对文艺问题的意见》，为自己申辩。于是对他的批判逐步升级，直到一九五五年春，《人民日报》上连续发表了三批附有毛泽东亲自批注的“胡风反革命集团”的批判材料。胡风、路翎、绿原、张中晓、彭柏山等许多人终于被捕、判刑及受处分。屠岸和章妙英与后来查明是冤案的“胡风反革命集团”案本来没有什么关系。但是正像在台风的边缘的边缘也会受到捕风捉影的影响一样，屠岸作了和写了不知多少次的检查和交代。还有一段时间被终止了党小组长的职务和党员的组织生活。以名作家、戏剧家兼诗人田汉为书记的剧协党组秉公办事，内查外调半年，没有将他划为“胡风分子”，但是认为他受到胡风思想的严重影响。这在他今后相当长的阶段内，如果不能算是“污点”，却也留下了阴影，有如结核病灶一般。

转眼到了一九五七年，在“引蛇出洞”的“鸣放”期间，知识分子以为迎来了又一个春天。屠岸也畅所欲言，知无不写。他以《戏剧报》常务编委和编辑部主任的身份，组稿、编发和撰写了不少“鸣放”文章。他主张“由内行来领导编务”，在投给文联鸣放墙报的稿子上，屠岸主张编辑部的领导应该由选举产生，不能由上级委派，上纲上线地说就是“外行不能领导内行”。从当时政治气候看来，随便“拎”一条，整一下，都足够把他划为“右派分子”。幸亏田汉和其他党组成员立党为公，爱才如命，把他“保护过关”。

屠岸经过两次大难，却以“擦边球”而身免，实为幸事。然而，他并没有“轻舟已过万重山”。他作了无数次检讨，受到无数次声色俱厉的严厉批判，然后于一九五八年被下放到农村劳动，以求得脱胎换骨的思想改造。精神上的折磨和重压，使他患上了神经官能症：焦虑、忧郁、严重失眠。血肉之躯，怎能承受？屠岸的肺结核随之复发。总算吉人天相，在夫人的悉心抚慰和照料下，他逐渐康复。令人惊奇的是，他的康复还得力于唐诗宋词，以及英国古典主义、浪漫主义诗歌。他经常在心中默默吟哦，心灵便得到净化和平静。医学界似乎可以研究，创立一种“诗疗法”。我想，音乐、美术等等人类精神产品也会有助于人类的心理疾病的。

“文化大革命”期间，屠岸严重的忧郁症复发，彻夜不眠，服用加剂量的安定药都无济于事。结果又是唐诗挽救了他。每当失眠，他背诵唐诗，竟起到安定药所起不到的效果。一九八〇年秋，在改革开放的大好时期，屠岸得到机会出国访问。在日本东京乘车途中，大都会浓烈的汽车废气和超分贝的噪音，使他血液上涌，心悸头晕，恶心欲呕，陷于焦虑和恐惧之中。他赶紧闭目定神，默念起英国诗人华兹华斯的《孤独的刈禾女》，竟然又发生了意想不到的神效。

对于屠岸来说，诗歌不但可以治病，而且可以疗饥。话说一九五七年至一九五八年，“反右”反出五六十万个右派分子，运动取得震古铄今的“伟大胜利”以后，一九五八年开始了总路线、“大跃进”、人民公社运动，迈出了向共产主义进军的步伐。可是一九五九年以后三年却发生了十分严重的“自然灾害”。全国人民凭着稀少的配给食物度过了难关。屠岸竟然

“在三年困难时期，杜甫、陆游的佳句伴我度过饥饿的寒夜”。

我想，古今中外的诗人轶事中，像这样一位诗人与诗歌有这样深厚的感情，有这样深厚的缘分的，恐怕是不多的。可以说，诗歌是他的知己朋友，患难之交，生死恋人。

在屠岸经历以上两度磨难以后，一九六六年又开始了“文化大革命”的十年浩劫。这对他，正像对全国成千上万的“分子”们一样，带来了雪上加霜的苦难。“文化大革命”纲领性的“最高指示”《五一六通知》以及《人民日报》社论指出：革命斗争对象是“党内走资本主义道路的当权派”，“资产阶级反动学术权威”，“一切牛鬼蛇神”。屠岸在《戏剧报》社担任一定的领导职务，这是“现行”的；至于“历史”的，则有“反胡风”和“反右派”两次“漏网”旧账，自然是在劫难逃。单位里的“造反派”勒令他每日必写“思想汇报”、“认罪书”，要“斗私批修狠挖私字一闪念”、“触及灵魂”，还要坦白交代自己的、揭发他人的“一切罪行”。他在精神上和人格上受到不堪承受的虐待。社会上被红卫兵“武斗”而死，或被迫自杀而死的惨剧时有所闻。屠岸在一九七六年秋天也想选择这样一条“自绝于人民”的道路。他冷静地作了时间、地点、方式的具体安排。他在自己的萱荫阁小书房窗帘架横梁上挂上了绳子。他在按计划执行自己的死刑时，竟然还做了一下试验，看看这个绞架能不能承受他的“生命之重”！

就是这个并不成功的试验挽救了他。窗帘横木在他把全身重量交托给它的时候，竟然“喀嚓”一声断裂了！当然，一计不成还可以再生一计的嘛。但是他五岁的小女儿章燕出现在他面前。那一双美丽澄净的大眼睛望着她的父亲。那么可爱，那么无助。屠岸不禁潸然泪下，抱起她来。他终于下定决心，面对无论多么痛苦的折磨，都要咬牙承受，他都要为女儿、为妻子、为一家人活下去！

在鬼门关前悬崖勒马，并不等于否极泰来，他在人间地狱的“牛棚”里挨整和被收审了两年半。然后与妻子章妙英及单位系统里全体改造者和被改造者一起开拔到设在河北省怀来县（后来搬到宝坻县，又搬到静海县团泊洼）的“五七干校”继续“斗改批”。有人背地里称“五七干校”为“无期干校”，因为除了最高领导，谁也不知道学员们何时毕业，谁也不能“敢问路在何方”。资产阶级知识分子不敢想有朝一日重操旧业了。令人难以置信的是，屠岸夫妇竟然在低矮的宿舍里，朗读起莎士比亚和济慈的诗歌来。唉，真是死不悔改的爱诗者，诗呆子啊。当时只有马列著作和毛泽东宝书以及鲁迅作品才可以公开研读。书店里琳琅满目“一片红”，没有任何其他书籍可买。买毛著要说请宝书。如何容得老莎和老济等人？上海新闻、出版、电影、文化系统的干校设在奉贤海边，是兵营式的，任何可疑活动，包括看“封资修”的书籍，都会被发觉，被阶级觉悟特高、嗅觉特灵的先进分子或争取立功分子汇报上去，并且极有可能作为“阶级斗争新动向”，揪出“牛鬼”，狠批猛斗的。但屠岸的朗读，却是背诵。原来莎翁等的诗，有好些屠岸是能够背诵的！造反派尽管有能耐，却无法从屠岸脑子里抄走莎翁和济慈！

真理有其自身的规律，自身的逻辑，自身的轨道，凡是疯狂怪诞的、不合情理的事物，都会在真理缓缓滚动的巨轮下被碾得粉碎。

一九七六年九月九日，毛泽东逝世。十月六日，“四人帮”被捕，最后被“送上历史的审判台”。一九七七年八月十二日，华国锋宣布：历时十一年的“文化大革命”正式结束。一九七七年五月六日邓小平复出，他开创的“改革开放”结束了那一段中国“史无前例”的黑暗时代，重现了光明。知识分子真的迎来了生命的春天。可是时间从来不会停步不前，二十世纪三四十年代的青年，这时都已经垂垂老矣。屠岸在“反胡风”运动以后，诗笔搁了几乎二十多年。年过花甲以后，他在萱荫阁书房里复辟了他的梦想。成千册珍贵的中外文图书在浩劫中被抄走、毁灭了。他重新垒起了书的长城，逐渐达到二万册之多。手写的诗稿曾有数十本，数百首，也已“火葬”，他重新一个字又一个字、一行又一行地在纸上耕耘。一九八五年六十二岁时他才出版了第一本创作的书，那是旧体诗词集《萱荫阁诗抄》。一九八六年才出版了第一本新诗集《屠岸十四行诗》，一九九〇年出版了诗集《哑歌人的自白》，一九九九年出版了散文和散文诗集《诗爱者的自白》，二〇〇二年出版了外国文学翻译理论及评论集《倾听人类灵魂的声音》，二〇〇三年出版了又一本诗集《深秋有如初春》。

屠岸英诗汉译著作的第一本则是一九四八年出版的美国诗人惠特曼的《鼓声》；第二本是前述《莎士比亚十四行诗集》。他的另一部重要的译著是一九九七年出版，获得第二届全国优秀文学翻译彩虹奖的《济慈诗选》。还有一部即将出版的译著是由小女儿章燕（笔名屠笛）写序、收诗四百多首、全面介绍英国从乔叟直到二十世纪末叶诗人作品的《英国历代诗歌选》。

屠岸还翻译了南斯拉夫剧作家努西奇的讽刺喜剧《大臣夫人》（一九五八年出版），西安话剧院把它搬上了舞台（八十年代初)；他和妻子章妙英（笔名方谷绣）合译了斯蒂文森的儿童诗集《一个孩子的诗园》（一九八一年出版)；编译了《英美著名儿童诗一百首》(一九九四年出版)；与人合编了《田汉全集》共二十卷（二○○○年出版)。

这数百万字的成果绝大部分都是在改革开放以来阳光普照大好时光里完成的。而且他从一九七九年至一九八六年历任人民文学出版社的副总编辑、总编辑、党委书记，工作繁忙，还有参加全国各地的会议、调研的任务，参加或率领代表团去美国、英国访问的使命，这都要占用他很多精力和时间。可见一个人在良好的环境下能够爆发出多么大的潜力！又可见在恶劣的环境下，多少聪明才智被摧残、被消灭而未发出生命的火花！也许苦难是学校，是财富，经过千锤百炼才能锻造出好钢材。可是人究竟是血肉之躯，一个人或许可以暂时耐受一百度的高温，而一千度的高温就会使他化为乌有。“最高指示”曾经警告说：每隔七八年会再来一次“革命”。无论如何，绝不能再来一次“文化大革命”吧。

他们家庭的姓氏是一个有趣的现象。屠岸原名蒋璧厚，他的母亲名屠时，他学鲁迅用母亲的姓做笔名的姓，所以笔名为屠岸。屠岸的两位千金取名章建和章燕，是从她们母亲章妙英的姓。但是他的儿子仍然姓蒋，名宇平。章燕继承屠岸酷爱诗歌的天赋，在北京师范大学英美文学系毕业，取得博士学位，现为该大学英美文学教授。二〇〇一年她到英国诺丁汉大学作访问学者。同年，屠岸也被邀请前往诺丁汉讲学。章燕的笔名屠笛，是诗文传家，一脉相承的表现吧。屠岸的大女儿章建生了一对双胞胎女儿，今年已二十二岁，从小受屠岸的熏陶，也是爱诗者。

屠岸和子女、女婿及外孙女等住在一起，其乐融融，十分幸福。鲜为人知的是，他们八位家庭成员组织了一个“晨笛家庭诗会”，每周或每半个月举行一次诗会。各人自出节目：朗诵、背诵、吟诵古诗、新诗或英诗，要不然引吭高歌一曲。自己有新的诗作拿出来奇文共欣赏。会上彼此还对所诵的诗歌进行分析、讨论、评价，欢声笑语，热闹又热烈，高雅又兴趣盎然。据我所知，这样一个酷爱诗歌的家庭群体，世上恐怕是独一无二的。

我的第一本诗集《剪影》于一九八六年出版，与屠岸的《屠岸十四行诗》同属于“诗刊社”编的“诗人丛书第五辑”。我寄了一本请他指教，这样开始和他订交。我的第二本诗集《幻影》出版于二〇〇一年，由屠岸写了序言。十多年来，多次见面，更有书信往还。他每一次来信都写得工整雅致，而且文不加点，都可看作优美的尺牍，或信函体散文。这又是他的一个特点。他给我的一封长信，谈拙著杜甫诗英译，我复印了一份寄往上海外国语学院校刊《外国语》，就被一字不改地刊出了。

本文开头，我说在与屠岸比较之下为自称为诗人而深感惭愧，行文至此，可见所言不虚。我也爱好诗歌，写诗译诗，也曾成为“牛鬼蛇神”，而且是正宗右派。我也蹲过“牛棚”，去过干校。我们在许多方面是那个时代的有难同当的“哥们儿”。可是我在许多方面是望尘莫及，难望其项背。心慕手追，但愿自己在向他学习的时候能有所长进。

屠岸诞生于一九二三年十一月，二〇〇三年是他八十周岁的耄耋之庆，我怀着激动的心情，深切的感情，在上海六十年未遇的酷暑高温的气候里花了一个多月时间，写成这篇文章，表达我对他的敬佩之意和庆贺之情。

本文只写了诗人屠岸的主要经历，没有涉及他的诗歌内容和艺术。我觉得这恐怕不是我力所能及的，最好由另一位诗论家撰专文论述之。也许更好的办法是请读者自己将上述各书找来一读，得出自己的体会，品出自己的感受。总体上来说，我觉得他是一位严谨诚挚的诗人，在遣词造句、格律音韵上都十分考究。他冶古今中外好诗于一炉，融化于血液和灵魂之中，所以从他的创作中能感受到那些诗人的精神和气质。屠岸说自己的性格是“外柔内韧”，诗如其人，他的诗歌也是温柔敦厚，沉静幽深，很少金刚怒目，声色俱厉之作。读他的许多诗就像读他用文字“画”的画，“谱”出的曲一般。他对诗歌格律有深刻的研究，也很喜欢写十四行诗。我觉得中国新诗百年来偏于自由体，亏待格律体，这是好诗难得的原因之一。我觉得应该迎来一个格律体新诗的春天。而屠岸的一些诗作对新格律作了有益的探索。章燕不久前为她的父亲写了一篇《诗神护佑下的生命常青树》，写得很好，真是知父莫如女，屠岸的为人和作品在女儿的笔下被描写得十分真实和传神。这里无法引用，因为本文已经很长。我想在这里选一首屠岸的短诗《月》，以见他诗歌作品风貌的一斑吧。

天上是一片深蓝，云海茫茫，
只有一个孤独的月亮在彷徨；
地上有多少河流，多少池塘，
就有多少个月亮的脸庞在发光。

是天地热爱着月亮，

在人间描绘她无数美丽的肖像；

还是月亮热爱着人间，

叫万千化身投入大地的胸膛？

最后，献上拙作《诗翁屠岸八十华诞敬贺》七律一首：

一生心血献诗神，

堪笑痴迷八十春。

坎壈人间多厄运，

芝兰家室喜晚晴。

笔端难止千行韵，

书册非为万世名。

雅好古今兼中外，

寿星添寿涌豪情。

屠岸

从《中耳炎》到《恶之花》

——记钱春绮先生，兼及其他译友

二〇〇八年九月二十日是中秋节，大约节后的一个星期的某天，有人敲寒舍的门。我开门一看，意想不到的一位贵客冲我微微笑着。他是钱春绮先生。我们已经有一年半没有见面了。他拄着一根手杖，颤颤巍巍地走进我的书室、卧室、会客室三合一的房间，忙不迭地坐下来喘口气。看得出他从上海的“西伯利亚”坐公交车到我住的静安区来，的确很累。要知道他已经八十八岁，早过了“杖朝”之年，是一位米寿老翁了。

我仔细看看他的脸，还是眯着眼睛笑着，一脸的涟漪，春水一样可人，然而老多了，瘦多了，我一阵心疼。过了一阵，他脸色沉下来说：“我瘦了十公斤，现在不到六十公斤。我的老伴没有了，剩下我一个人。人去楼空。对我的打击太大了。这种感觉，旁人无法体会。”

他这些话，我从电话里曾经听到过。我在电话中、信函中劝慰过他。今日见面，眼见了丧偶之痛给他的打击有多么严重。

我拿出月饼来款待这位贵客。不料他说：“我不吃月饼。我吃得太多啦，到现在我还把月饼当菜吃。”我从来没有想到月饼可以当菜吃。原来，自从二〇〇七年四月十五日他的老伴在午睡时猝然长眠不醒以后，他经常孤身一人，外出买菜，洗衣做饭，都没有别人照料。一子在美国，一女在香港，还有一女住处远隔几个小时的车程。他又坚决不请钟点工。中秋节，亲友和小辈送给他的月饼正好使他免于买烧之劳，用来当小菜了。

钱春绮先生的节俭美德是十分突出的。想想我们这七老八十的一代人，倒是个个节俭。经过抗日战争、解放战争、解放后的自然灾害、“文革”浩劫，在这样大的历史环境下，不节俭就难以生存。我出生于资产阶级家庭，但是在风雨飘摇的时代，也从来没有豪华过。“戴帽”和“文革”给我的教训和教育更使我认识生存之不易，物力之艰难。在干校和工厂劳动时鹑衣百结，“文革”中吃过豆腐渣炒咸菜等等。客观环境、客观条件下自然要求人们适应。适者生存，这是真理。

我大概是在一九八八年退休前一两年开始认识钱春绮先生的。当时他早已名满译坛和文坛。凡是爱读外国文学书籍、特别是译诗的读者，想必没有不知道钱春绮先生的大名。不过可能因他的名字而猜想他是一位女士。正像我另一位同事、好友、译者兼诗人张秋红先生被人误会一样。钱先生多部译稿在上海新文艺出版社和后来成立于1978年的上海译文出版社出版。他和这两家出版社常来常往，而我正好在这两家出版社都滥竽充数，数十年如一日。照理，应该有机会早就相熟。但是他来编辑部找的是德文编辑韩世钟先生，而我有十年时间被调到资料室，是一个“夹着尾巴”的人，能够形单影只、过着二点一线的生活就不错了，不想、也无缘结交文友，何况是名满天下的译者。

不记得是哪年哪月哪日（我的记忆力不行，特别是时间和数字概念一贯糊涂），可能是一个星期天，或者节假日，我去静安寺一带，可能是去书店，忽见一位老者背着手，不慌不忙地散步。当时静安寺周围商店鳞次栉比，行人拥挤。在这样的地方慢悠悠地行走，就有些特别。我们六眼（我戴眼镜）对视的时候，我忽然问道：“你是钱先生吧?”我不知道自己怎么会灵机一动，也许什么时候听说过他就住在静安寺附近，所以蹦出这么一问。如果有人想象中的译者是一位西装革履，神采飞扬，洋气十足，不时冒出几句洋文的人，那么钱先生可不是这样的人，甚至完全相反。以后的几十年我也没有看见他洋装穿在身（也许他在什么场合不得不以“精装本”形象出现，但我未见到过）。他从衣服到鞋子都完全国货，甚至有些“土”，也许像一位教私塾的老先生。所以我这一问，不免有些冒失、冒昧、冒犯和冒险。但是被我“瞎蒙”蒙对了。然而他说他认识我，知道我在出版社工作，不过没有怎么交谈过。

他就住在静安寺庙往东的香烛店再往东的水果店再往东的牙医诊所的隔壁的一个荒芜的小花园里的一栋年久失修的小洋房的二楼。据知，那栋洋房原来是民国初期上海骨科名医牛惠生的住宅。我第一次去他家拜访的时候，就感觉到，怎么比我的“公馆”还要杂乱无章，仿佛经过多年前“文化大革命”的抄家洗礼和洗劫以后，仍然没有恢复元气。

他请我坐，可是坐哪儿呢？两个颇旧的沙发上已经“坐”满了书籍，书籍上面还“坐”了一些用品，好像还有一架收音机什么的，茶几上，板凳上，也是古今中外的“客人”挤满了。右手，只有一个书橱，可是橱门关不上，露出其中的“客人”横七竖八，拥挤得像是上下班时候的公共汽车，有些“客人”挤不进去，只得流落（或者跌落）在地板上。还有一张方桌放在室中央。桌子上放的是饭碗茶杯等等。几只热水瓶立在墙角的地板上。陪伴它们的是锅盆之类。抬头一望，竟然有几根晒衣服的长竹竿横空出世，自西徂东。箱子叠放在旮旯里，旁边是一张双人床。床头的墙壁上贴了彩色花卉国画。后来知道钱先生也能绘画，他的夫人高华松女士是一位美术老师。比较现代化的用品则是一台放在五斗橱上的当时可说比较大的电视机。

只有这一间三十多平方米的屋子，那么，钱先生的书房在哪里呀？原来，东边有一块布帘子，掀开帘子，露出与这间相连、但缩进去至少一半、最多十多平方米的地方，就是这位著名翻译家日夜辛劳“炮制”世界名著的“车间”了。这里有一张书桌，一张小床，同样是书天纸地、杂乱无章。

“梅花香自苦寒来。”钱先生的翻译作品其质之香，其面之广，其量之大是世有公论的。然而他工作环境之寒苦，生活条件之清苦，奋斗精神之坚苦，恐怕是鲜为人知的吧。

我从而了解钱春绮先生节俭的形象是从他生活中来的，是环境使然，是习惯成自然。他不但衣着十分随便，而且外出开会、看病、访友的时候，常常拎着一个包包，里边放着家中带来的塑料盒装的饭食，以及雀巢咖啡空瓶装的茶水。如果海涅、席勒、歌德、尼采、波德莱尔这些世界级的文学巨匠知道，经常和他们“笔谈”的我们这位译者竟然是这副苦行僧模样，真要惊讶得睁大蓝眼睛，感动得洋泪涟涟。

其实，我的译友中，译雨果的张秋红有一段时期没有住处，以办公室为家。译美国文学的陈良廷，在电视台记者去他亭子间采访的时候，他的床上是一张破席子。有一年春节，我听他说家里揭不开锅了。可见，煮字生涯，据我所知，除了极少数幸运者以外，是一种可以业余、却不能赖以维持生计的生涯。谓予不信，请看，至今有哪一位译者凭其稿酬过过什么出则“开得拉客”，住则“亲水豪宅”，穿则“阿爹打死”的生活没有？不但如此，作为一名孜孜矻矻、锲而不舍的译者，除了耐得住清贫以外，还得耐得住寂寞。焚膏继晷，孤灯独守，于无声处与洋人或洋古人沟通。身边是厚厚薄薄的外文原本、中文译本、参考书、字典、百科全书等等包围着你，拥护着你。经年累月，不离不弃，即使十年磨一剑了，也不怎么稀罕，因为那是奶妈抱孩子——人家的，没有你的基因，你不过是照葫芦画瓢，画了一次，何况可能早有别人画过了，更有可能后来者还会画一次。因此，你不大可能面对鲜花，面对掌声，面对狂吼乱叫的、摇晃荧光棒的黑压压一片的粉丝们登台谢幕。

不过，钱春绮先生的翻译作品拥有的读者群可说十分庞大，他得到的声誉也是有耳共闻的。上海是文学翻译界的“半壁江山”，现当代以大规模翻译获得大规模成就的译者可以随口举出如朱生豪、傅雷、汝龙、草婴、李俍民、叶冬心、方平、冯春（郭振宗）、王智量、陈良廷、潘庆舲、荣如德等等。钱春绮先生正是这样的水平线上的一位。媒体如果什么时候想到要把笔头或镜头对准上海翻译家的话，那是绕不过他们的。钱春绮先生事迹，上报刊、电台、电视台的频率，相对于其他译者和文人墨客而言，那是多得多的。可是，那又怎么样呢？在商业化、娱乐化大潮汹涌的社会里，只有影星、歌星、财星、球星、模星、笑星等等能够长期吸引大众眼球，产生丰厚的经济效益。“译星”只能“偶尔露峥嵘”，决不会有追星族或“狗仔队”紧追不舍地跟踪的。反之，我相信，绝大多数“译星”也决不会喜欢这一套。所以，清贫和寂寞应该是一位有操守的译者所习惯的、并且安之若素的处境。

钱春绮先生在外国文学作品的翻译方面，成就辉煌，为文人和读者所共知。他从二十世纪五十年代就开始“磨剑”，就开始坐冷板凳，历经一两万个白天黑夜，他磨的洋剑一共有四五十把之多，每一把都是锋芒四射，质量一流，经久耐“读”

的。他远离通俗，远离流行，远离炒作，却能又好又多地广为传播，可以说是奇迹，也可以说是理当如此。然而，他面对，或者说背靠自己等身高的翻译作品，正像他的外表一样，朴实无华，平易近人，决没有趾高气扬，以名家自居的神态。就好像一位德高术精的医师，一辈子活人无算，却只自认为职责所在，“何足道哉”一样。比起有些译者抬高自己、打击别人，甚至自诩译文胜过原文，真是大不相同。顺便说说，译文胜过原文或许在某些地方有些可能，然而文过饰非，或者掩盖了原文的本来面目，岂非过犹不及？和钱春绮先生有过交往的人都知道，他很少谈论自己的翻译，也不倾诉翻译的艰辛过程，更不炫耀在翻译上有什么精彩独到的心得。他很宽厚地称赞别人作出的努力，又宽容地看待别人译本中的错误不足之处。他说，哪本书里没有失误？他又很平淡地评论自己的成果，说，翻译嘛，过了很多年以后，又会有别的译本出版的。

我听说过，解放初期，出版社还是私营的时候，曾有某编辑把别人的译稿扔在脚下踩踏，简直视为仇敌。所以，乍一听到钱大译者竟然以这样宽宏大度的心态对人，又以那样超脱平和的认识对己，我不免感到惊讶。

那天，我第一次去拜访他的时候，他急忙在旧沙发上清理出一块地方。我坐下来以后，记得他冷不丁地问了我一个问题："你为什么要搞翻译呢?"这可是我没有好好想过的事，一时不知如何回答是好。我不是科班出身，不是跨出学府大门以后，自然而然地选择翻译这条路。我小时候可是"志存高远"的。凡是老师或教科书上说什么什么科学家、文学家、音乐家、军事家、政治家如何如何伟大，我也遐想将来成为什么什么家。老师出作文题目"我的志愿"时，我就把灌输到脑子里的思想写出来。景仰伟人，妄想自己"有为者亦若是"。然而我读书到初中二年级就被骨痨病击倒了，许多年以后才能"立地成人"，该是进入社会的时期了。非常偶然的机会，我进入出版社，工作离不开纸和笔。不甘心只为他人作嫁衣，自然自己也想出些书，以证明自己的"人生价值"。能够成名成家的话，就能够摆脱自卑心理，虽然"夹着尾巴"，也可以抬头做人吧。"尾巴"和头的比喻是"反右"以后别人"点拨"我的。还有人曾批评我的思想、立场没有改造好，搞什么翻译的"红专规划"，批评我好高骛远，不成熟。我得要争口气呀。病残，没有特长；右派帽子虽然摘了仿佛还戴在头上，在这样"三座大山"的压力之下，我难道消沉下去，不图上进吗?

动机很复杂，目标也不算伟大。我怎样回答钱春绮先生的提问，我已经忘记了。

至于他钱先生如何走上翻译这条路，他没有怎么谈起。我是陆陆续续从他自己、也从报刊上介绍他的文章中，比较详细和完整地了解他的（后来又荣幸地得到他亲笔写给我的很详尽的生平资料）。

钱春绮先生，一九二一年十二月七日（农历冬月初九）生于江苏泰县小纪镇（今扬州市江都区）。一九三一年，他十一岁时，经营一间香店的父亲钱长庚（一八八三——一九五三）把他送到镇上"王少夫私塾"受启蒙教育，几年里，念的是《四书》、《龙文鞭影》、《礼记》和《左传》等。就像科举考试之前，准备"学而优则仕"的幼童们那样受教育，十分"老法"。而且其"教学法"也是一脉相承，蒙师不予讲解，只让蒙童们蒙蒙胧胧、摇头晃脑、生吞活剥地背诵。其理论是只要记得滚瓜烂熟，一旦开窍，便会豁然贯通，自然明了其微言大义，而且词汇、章法提笔就来。不得不承认钱春绮日后求学，以至翻译和写作的语文功力确实奠基于此。这位蒙师还有与众不同之处。他有烟霞之癖，在孩子们琅琅书声之中，他手执烟筒，斜卧床榻，吞云吐雾，自得其乐。不过，对于蒙童们每周必交的一篇作文，他倒是认认真真批改，从不马虎。他还做了一件

“必也正名乎”的好事。钱春绮本名钱春野。他觉得“野”字太野，改为“绮”。此字虽好，却像女子用的。未识其人的时候不免会被误以为一位姑娘了。

钱春绮的母亲（一八八九—一九六九）是野田庄人。当地人士得风气之先，不少少年进了“洋学校”师范学堂，母亲的弟弟毕业于苏州高等师范。受此影响，母亲很是开明，知道再那样“之乎者也”地读下去，前面只能是死胡同了，便使钱春绮转到小纪镇小学，直接插班五年级。读了一年多，母亲嘱咐钱春绮的大哥（当时在上海做西药生意），把他带到上海，进入名校市立万竹小学插班六年级，读到毕业。一九三六年，他十六岁时考入另一所名校江苏省立上海中学，读初中一年级。“花季少年”的钱春绮正是长身体、长知识的时候。这所名校师资和设备可说是一流的，培养了不少精英人才。钱春绮在这里真是如鱼得水，喜不自胜。特别是那里的图书馆里书籍、报刊应有尽有。学生想看什么，还可以写出书刊名，请图书馆收藏以供借阅。同班同学之一是最早翻译《资本论》的马克思主义经济学家陈豹隐（又名陈启修，一八八六—一九六〇）之子，组织了读书会，钱春绮欣然参加，因此读到许多进步书刊，如艾思奇的《大众哲学》，沈志远的《政治经济学》等等。

至于世界文学名著更唤醒他内心天生的酷爱，竟然像见到梦中情人一样抱着周学普翻译的歌德《浮士德》不放。此书难懂，译文难啃，但是他就是喜欢。波德莱尔的《恶之花》，这时还没有中文翻译，他却在杂志上见到介绍，并且“一见钟情”。想不到几十年以后，钱春绮精心译出了这两部名著。

我相信，有些人大脑里生来就有对语言文字能够轻易掌握的细胞。已故同事、友人、翻译家钱鸿嘉，我戏称他懂得“十八国英文”。名家任溶溶，我亲见他很快能凭自学阅读日文书。愚钝如我是万万办不到的。钱春绮同样使我敬佩。他在上海中学繁重的课程学习之余，还研读《俄语自习》和《日语自习》。随着年龄增长，他日后更掌握了拉丁语、法语、英语等等，学习外语就像品尝各国美味佳肴一般。

文学创作，钱先生也在这时起步。他私下写了一本诗集，又以“丽子”的笔名在《大公报》上发表了一系列描写学校风光的散文。

可是好景不长，这一株大树的幼苗只在这所中学生长了一年工夫，便不得不挪动了。一九三七年七月七日，日寇扩大侵略我国。八月十三日鬼子大肆进兵上海。钱春绮只得回到故乡，然后转学江苏省扬州中学借读。不到两个月，扬州吃紧，学校解散，他只得再回到故乡。一九三八年九月，他进入泰州中学，读高中一年级。

日寇如虎似狼，妄想速战速决，一下子吞灭我中华大好河山，所以以其铁蹄主要奔袭我主要城市。泰州一时间还未见恶鬼出现。江南一带文化人和机构纷纷迁到这里，把这里比较闭塞和滞后的文化带动和提高。除《江苏日报》以外，两份大报，即《战报》和《国民新闻》也相继在这里出刊。少年钱春绮正怀着满腔爱国热血，满腹诗书，这下子喷涌而出，找到了表现的场地。他笔不停挥，一面上学，一面写稿，在《战报》副刊《战鼓》上发表了一系列诗歌、散文和小说。《战鼓》还长期采用他画的刊头画。上海出版的著名英文刊物《密勒氏评论》上一些报道我大后方抗战的消息，他也翻译出来，刊登在泰州的报上。值得注意的是，作为诗人、散文家和翻译家的钱春绮，正是在这时从起步到茁壮成长。以后要编辑他的文集，不能忽略这些珍贵资料。

他的一部长篇小说和若干旧体诗及新诗也在这时完成。可惜的是，后来鬼子来个回马枪，到小纪镇扫荡，把他的存稿小屋也扫荡掉了。许多许多年以后，小纪镇干部搞征地拆迁，把他家六进房屋拆为平地，他尚存的少许少作更是片纸无存。少年春绮之豪情一直成为中年、老年春绮之烦恼。文人爱惜自己的文字正如爱惜自己的子女一样，一旦夭折，痛心可知。

一九四〇年，春绮先生二十岁，他的大哥又把他带到上海，住在白尔路（今太仓路）宝安坊。这年九月，考入萨坡赛路（今淡水路）上的东南医学院读医科。

对于钱春绮来说，这是他人生道路上一个很大的转折。他从小打下坚实的古文基础，对于文学和外语具有不凡的天赋和深深的爱好。而且，中学几年内他已在报刊上展露身手，诗集、长篇小说都已在暗中“厚积不发”。很明显，不用算命，他将来必然会在文坛上干一番事业。那么，为什么他转而学医了呢？

只要从历史的大环境观察一下，事有不得已而为之之处。当时，我国抗战已进入第四个年头，日寇深入我国腹地，一片焦土，斗争艰难。一九三九年九月，英、法对德宣战，欧洲大战爆发。上海的英、法租界虽然还没有日军进驻，但是已被称为“孤岛”，住在租界内的中国百姓，包括钱春绮，已经都感到“鬼影幢幢”，日伪魔爪无处不在。直到一九四一年十二月七日，日军偷袭美国珍珠港，第二次世界大战全面爆发，鬼子膏药旗终于插遍了上海的租界。在这种局面下，有正义感的爱国文人除非是奔赴大后方，摇摇笔杆，或投笔从戎，出路何在？钱春绮收笔习医，出于他家人的建议，以及他本人实际的想法。白衣天使，治病救人，无论什么时代，无论什么地方，都需要这样的人才。

那时，医学界分为英美派和德日派，壁垒分明。东南医学院属于后者，执教的教授都是从德国或日本留学归来的人员。外语必读 Berlitz 的成人用德语课本和《现代日语》。这给生来就对外语感兴趣的钱春绮很好的机会。他一面勤学勤读生物、化学、药剂、人体、解剖、五脏六腑、肌肉血脉骨骼这些外文名词术语，一面买来德文《威廉·退尔》、《茵梦湖》、《歌德诗选》等等文学著作，真是“江山易改，本性难移”！他对照已有的中译本研读，当然比死记硬背那些躯体零件的名称要津津有味得多！

日本占领上海“孤岛”以后，剑及履及，“文化进军”也跟进来了。学校全部废除英语教学，改教日语。上海电台开展了日语教学。在欧洲，法国被纳粹德国占领，法国成立了亲德的“维希政府”，上海法租界名义上也算属于法奸维希势力范围。于是法国电台“法国呼声”同时在上海开播，教授法语。钱春绮倒是很感兴趣。不但如此，这时，日苏已签《苏日中立条约》，苏联在上海的活动未受禁止。钱春绮对外语的渴求真是如醉如痴，不知疲倦，又挤出时间来，参加俄语补习学校，听一位叫做柯歇乌诺夫的人，不知是白俄还是赤俄，讲授俄语。

钱春绮于一九四六年六月从东南医学院毕业。

人生的规律谁也无法逃避。哪个少男不多情？哪个少女不怀春？青春时期命定会有“爱的小鹿”在心间撞击。钱春绮遇到了他生平一件浪漫故事，而且是一件“涉外”“跨国”的浪漫故事。

在钱春绮从东南医学院毕业的前二年，即一九四四年，他读到五年级的时候，和几位同学在仁济医院见习。这所医院当时已被日本同仁会接管，主任医师都是日本教授，手下日本护士也不少。其中一位，性格温顺，平易近人。中国护士都用汉语称她“丰子小姐”，听起来和“疯子小姐”一样，她却从来不以为忤，可见她的为人了。钱春绮和她有缘在第二次世界大战的大背景下相识，虽然不在战地，可仍然是两个民族正在不共戴天地殊死战斗的时刻，演绎下去，很可能是一个矛盾重重，哀婉动人的故事。他们两人彼此为师，互学对方的语言。钱春绮手绘一小幅山水图画相赠，丰子小姐十分高兴。然而十分遗憾，故事到此戛然而止，成了有头无尾的“残稿”了。何故？

一九四五年八月十五日，日本天皇宣布无条件投降，第二次世界大战终于结束。钱春绮本来不该结束的故事，却随之结束了。日本人被全部遣送回国。丰子小姐无法留下来，钱春绮也不可能追去东瀛。一衣带水，却情丝难继。开始还有书信往来，日久鱼雁渐渺，锦书难托。东南医学院毕业后，他已是二十六岁的身穿白大褂的钱医师，要为衣食、前途谋划。不久，三年解放战争、全国解放、抗美援朝、一次次政治运动等等接连不断，容不得这种儿女情长的“小说”继续书写下去了。多情的钱医师，情感像少年维特那样丰富。请看他感人肺腑的情诗二首：

一

乍听骊歌恨不胜，
书生无计独留春。
山迢海远天涯路，
长是相思梦里人。

二

窗前愁对月姗姗，

此别遥知再见难。

但使故交长健在，

锦书莫忘报平安。

钱医师对于这一段短暂而无望的恋情是刻骨铭心，终身不忘的。直至二十多年以后，甚至在“文化大革命”暗无天日的日子里，他还顶着风、冒着险，写下了充满“资产阶级知识分子情调”的数十行长诗《远方的怀念》。这首诗是仿法文格律诗写的，估计这是他耍的“洋谋”：万一被“造反队”或“红卫兵”抄家发现，可以撒谎说，这是翻译的嘛，是古代法国哪个诗人写的嘛，要批斗就到外国去批斗吧。这里摘录四段，可见一个人怀着一颗纯洁宝贵的珍珠，会怎样深深埋在心底，生死不渝，也可见钱医师是一位多么珍重感情的有血有泪的男子汉。

我们曾经度过难忘的一年，

　　相互学习着彼此的语言，

你做我的老师，我做你的老师，

　　我们是那样相亲而相敬，

　　我不知道那是友情还是爱情，
就这样留下难忘的回忆。
　　……

你说等将来结束了战争，
希望我能到海外去旅行，
　　你将欢迎我去你的家里作客，
我常记起这亲切的邀请，
　　盼望将来会有这么一天来临，
盼望着我们重逢的时刻。

如今你回到遥远的故乡，
　　已经有二十年的时光。
　　战争虽已结束，并非就此太平。
辽阔的海洋把我们隔开，
　　隔开两个亲人，隔开两个世界，
海洋隔断了我们的音讯。

　　辽阔的海洋！无情的海洋！

隔开了我们，各在天一方！

我常叹息我们再无机会相会，

甚至你从前留下的照片，

我曾什袭珍藏，藏了那么多年，

也在动乱中痛心地焚毁。

回头再说一九四五年，钱春绮在东南医学院进入实习阶段，按规定要自己找医院。他书生本色，不善与外界打交道。走投无路之际，幸得老师赵震教授的帮助，才进了瞿直甫医院。这是一家私人医院，设在一幢花园洋房之内，规模较小。地址在海格路善钟路口（今华山路常熟路口）。解放后并入其他医院，原址改为一所小学。改革开放后全部夷平，今已改建为商业大楼。据知翻译家、人大代表瞿世镜先生是瞿直甫后人。当时的院长是瞿承芳医师，毕业于协和医学院，曾在美国哈佛大学当过医师。钱春绮在他手下实习了一年，院长有意留住人才，正式聘用。但是，钱医师觉得这家医院小，病人少，难以学到技术。院长通情达理，乐于助人，为他接洽上海市立第五医院的内科。那里的内科主任乃瞿院长的协和同学。

人生的道路，漫长而曲折，不会是笔直一条，不会是没有岔路。如果钱医师踏进了第五医院的大门，按部就班，一直工作到退休，那会是怎样的一种情况，不得而知。可能一帆风顺，可能前面还有大风大浪。然而在此关键时刻，钱医师踏上了另一条征途。

日本投降以后，局势发生了很大的变化。上海医学界的日籍、德籍医师纷纷撤离回国。凤阳路上德国人办的宝隆医院，改成了中美合办的中美医院。其中设备都是美国海军一流的新式器械，条件优厚，参加工作若干年，还有可能赴美留学。钱医师的两个同学邀他一同去中美医院应聘。两位同学申请做内科医师，因为太热门没有获准。钱春绮医师申请皮肤科，比较冷门，竟一举成功。这时这家医院的主任医师都是从英美派的红十字会医学院来的，与德日派有所不同。钱医师在那里只做了半年。倒也不完全是因为派系纠纷，而是一九四七年一月，从大后方回沪的同济医院接管了这家医院，他们对留在“沦陷区”的同行们“六亲不认”，不管你是什么派别，什么级别，一律赶走。这一下意想不到的排挤，打破了钱医师的美梦。刚刚起步，便遭失业。这期间，大哥经商失败，哥嫂及他们三个孩子，以及其他几个亲属都指望钱医师接济。他赋闲一个月，没有进项，不得不四处奔走。最后，经同学介绍，进了上海市第四医院去当耳鼻喉科医师。他对这一科不感兴趣，然而那里不需要皮肤科医师，只有耳鼻喉科缺少住院医师。他饥不择食，不得已而为之。

上海市第四医院院址在四川北路横浜桥北堍，原是日本人办的“福民医院”。日人撤离后，由法国派医师接管。上海自有法租界以来，法国宗教和文化机构林立，震旦女子文理学院、震旦大学医学院等等，培养出不少“法式”人才。第四医院的主任医师都是留法回国人员。比如著名外科主任徐宝彝和耳鼻喉科主任曹清泰都毕业于法国里昂大学。留法的著名女高音歌唱家周小燕也常去找曹医师，大概是关于她的歌喉问题吧。几年以后，曹医师奉调到安徽大学执教（大约在这个时期，钱春绮认识了高华松。高小姐陪朋友到第四医院看病，竟然被钱医师逮个正着。不久，有情人终成眷属。此事是我在二〇〇九年四月二十二日星期三下午去医院探望钱春绮于病床上，被我逼出这一“口供”的。他在病中，不便多问详情了）。

钱医师克服了最初对于治疗头脸三官（耳鼻喉）而不是皮肤心存芥蒂的不快，兢兢业业干了好多年。为了贴补家用，经同事诸医师的介绍，他利用业余时间，编写和出版了不少医学书籍，比如《中耳炎》、《喉结核及其化学疗法》（两书在中华书局出版)；《苏联长寿学》、《苏联医学名人传》（两书在广协书局出版)；以及《脑膜炎》、《无痛分娩法》、《组织疗法》等多种（在新亚书局出版)。用真名，也用“高速”笔名。此外，他还写过一本《小儿耳鼻咽喉科学》(在文通书局出版)。这是他曾在一所护士学校教课时写的教材。此外，他还编写过一部源于拉丁文和希腊文的医学名词的《医学用语语源》。可惜这部手稿没有出版，这部手稿连同以上医学书籍都在“文化大革命”的抄家“革命行动”中，全部无影无踪。已经出版的书想必还能从什么图书馆的角落里发掘出来，像发掘出土文物一样。如果是手稿，恐怕已经灰飞烟灭，或者变成纸浆，成为其他印刷品的阴魂了。

钱春绮医师在第四医院从一九四七年二月开始，干到一九四九年五月中国人民解放军解放上海，再继续干到一九五二年五月，他自动辞职。离开公职，打破铁饭碗，是一件很冒风险的事，须知，一九五〇年六月开始了朝鲜内战（一九五三年七月抗美援朝战争结束)，一九五一——一九五二年正开展三反五反运动。在这样的形势下，谁也不敢这样做。因为要想另谋高就十分困难，亲属和朋友都为他担心。

他的一位在中美医院任职时的同事，此时在第六医院任皮肤科主治医师。他同意让钱医师前去当皮肤科住院医师，正好医院中缺这样一位。谁知人事科不准，却要他依然当耳鼻喉科医师。钱医师倔犟起来，掉头就去别的医院联系。不料第六医院领导以他不服从分配为由，上告到上海市卫生局。卫生局几次通知他去谈话，要他承认不服从分配的过错，并且写一份“认罪书”。钱医师不服“不服从分配”这顶帽子，认为自己毕业于解放前，几次工作都是朋友介绍的，或自己找的，何时被“分配”过？六院人事科是“指定”而不是“分配”他去他不愿去的那一科，他当然可以不去而另谋出路。谁知这样一来，所有的“出路”都被暗中堵住，影响了他一生的路。钱医生并不知情，直到改革开放以后，他的一位同事已经升任某个领导职位，向他透露了这个“解密”消息，他才恍然大悟。原来卫生局把这位倔强的医师的无组织、无纪律行为向劳动局发出通告，劳动局再向各个单位发出通告：这位医师“永不录用”。怪不得钱医师像迷途的羔羊那样到处乱撞，却到处碰壁，联系了许多医院，甚至非医疗机构如自然科学研究所，都只看到莫名所以的摇头摆手。天无绝人之路吗？敢问路在何方？

路漫漫其修远兮，从一九五二年五月辞职，到后来成为蜚声中外的“译诗名家”（一九九六年十月《东方明星》杂志介绍他的一篇文章中的评语），半个世纪的时间里要经过多少艰苦，多少坎坷，多少劳其筋骨，饿其体肤，多少跌打损伤啊！

想要登上文坛，成为诗人或作家，一般是多写稿，多投稿。报纸，杂志，百折不回地投啊投。“知名度”从零度开始，慢慢像烧水那样烧开。等到真正有了好作品，有了成名作，那就成功了。想要登上译坛，很少是从短篇、短诗零敲碎打起步的。一般要花很长时间，用厚厚的稿本作为砖块去敲出版社的大门。钱医师现在不得不脱下白大褂，“还我旧时袍”，埋头翻译德国诗人的经典作品了。

新中国成立初期，翻译作品的出版很红火，不过绝大部分是俄苏作家的，从普希金、契诃夫、高尔基、马雅可夫斯基到法捷耶夫、肖洛霍夫、奥斯特洛夫斯基、西蒙诺夫，等等。要用社会主义现实主义文艺作品去教育人民。钱先生独辟蹊径，他选择了他最擅长的外文——德文和最喜欢的诗歌作为主攻方向。这时，英美文学除了进步的法斯特和杰克·林赛的作品以外，已被搁置一旁。德国则除了资本主义的联邦德国以外，还有民主德国，属于社会主义阵营，因而进步作品和古典作品还可以介绍给读者。

钱译者一九五二年敲掉饭碗，靠《中耳炎》等得点稿费，维持生计，默默翻译，心中和腹中都不踏实，只是靠坚持不懈的信心维持着他奋力前进。大概花了一两年时间译出一部海涅诗选，投向北京的人民文学出版社，却惨遭退稿。如何是好？不过人文社总算慧眼识珠，此稿不用，另约翻译席勒的剧作《威廉·退尔》，使他没有萌生“退尔”之意。他加倍努力，争分夺秒，日夜赶工，不久便交出高质量的译稿。大家都知道，出一本书可要经过几次审校、核定、校对、装帧、设计、印刷、发行等等许多道关口，无业译者如果没有“老本”，只能枵腹等待，除非网开一面，给你预支稿酬。此书总算等到一九五六年七月出版了（二十多年后的一九七八年八月再版），大约当年年底，望眼欲穿的钱春绮得到了很大一笔稿费——四千元。一扇翻译的大门，终于打开。

一个人的成功，要靠自身长期的、充分的准备，要作艰苦的、坚持不懈的努力。的确如此。不过，如果没有外界的条件，恐怕也是枉然。钱先生自身早就具备了非常优良的中外文条件，坚忍不拔、耐得寂寞的精神素质，这时正好迎来了好得不能再好的时机。一九五六年二月十七日是德国诗人海涅逝世一百周年纪念日。世界进步人士组织的世界和平理事会宣布海涅为当年纪念的世界文化名人之一。钱先生向上海新文艺出版社接连投去三部海涅诗作译稿:《诗歌集》、《新诗集》和《罗曼采罗》。纪念世界文化名人对于出版社来说自然是一项重大的政治任务。三部书快速地、高质量地、大印数地投向市面,一年之内“连中三元”,这在翻译作品的出版史上从未有过!钱先生的幸运之舟,从低谷一下子冲上了浪尖!这时的稿酬制度是按千字六—九元的基本稿酬,加印数稿酬。大概以一万册印数为一个“定额”,超过一万册,哪怕是一万一千册,就作为两个“定额”(以后再版超过两万册才算三个“定额”)。钱先生译的《新诗集》拿了两个“定额”,稿费一共八千元。这八千元加上《威廉·退尔》的四千元,天哪,一万二千元,在我看来,这可是天文数字!要知道,当时的万元户,全国没有几人,比现在的百万元户要稀罕得多!我一九五四年进平明出版社当助理编辑,月薪一百一十元。一九五六年随该社公私合营,并入上海新文艺出版社,我后来被评为行政二十三级,月薪七十四元,不过按政策仍然保留原来的月薪。但是一九五八年四月戴上“右派”帽子,因“罪行”最轻,被评为“六级右派”而免于处分,然而扣掉“保留工资”,每月实发七十四元(“文革”时曾经每月十五元)。我对数字搞不清,不过模糊想来,钱先生四部书稿酬相当于我二十多年的工资吧。

一九五七年反右派斗争，“打退资产阶级知识分子猖狂进攻”，听说全国揪出五十多万名“右派分子”。钱春绮先生如果仍在医院工作，如果和领导“闹情绪”，不服从分配而要辞职，在那场运动中，会得到什么结果，很难说，只能相信，命运自有安排，“如果”不是“果”，它不会“结果”。

众所周知，新中国成立以后，全国人民都成为参加革命工作的一员，都属于某个组织和单位。在一次次轰轰烈烈的革命运动中都经历学习革命理论，改造思想，参加阶级斗争等等锻炼。作为一名知识分子，却是一位“自由职业者”，那真是凤毛麟角，十分稀有。钱春绮先生竟然脱离组织，自成一家（翻译家），而且获得巨大成功，实在是命运（或说幸运）的宠儿。

一九五九年，钱先生又在人民文学出版社出版了他的译作——德国民族史诗《尼伯龙根之歌》，一九六〇年又出版了《德意志民主共和国诗选》和《德国诗选》。这里，还要说一下“如果”，如果形势总是一片大好，风平浪静，那么钱先生的译作肯定一部接一部，为广大读者源源不断地贡献上好的精神食粮。可是，一九六〇年开始了三年的“自然灾害”，接着是“反击右倾翻案风”，以及很长时间的反对苏联修正主义。防修、反修政治运动当然要波及以苏联为首的社会主义阵营的文学的翻译和出版。这样，也就波及钱先生手中那支笔了。找不到恰当的“选题”，但是米还是要下锅的，怎么办？好在这位“万元户”未改勤俭节约的本色，“老本”舍不得挥霍，一座“金山”还能靠一靠。

一九六一年，有关部门批准成立“上海编译所”，挂靠上海译文出版社，由草婴任所长，工作人员只有周朴之、翁修等两三人。组织了上海知名的文学翻译家加入为所员。不必每日到所办公，但要不时参加学习，有固定津贴，但不是工资。这对于“选题”断档、稿酬不济的译者来说，不无小补。可惜钱春绮没有参加。到后来“文革”十年稿酬“颗粒无收”，钱先生该后悔失去这一机会了。

一九六六年五月十六日，史无前例的“无产阶级文化大革命”开始，历时十年，清算了所有的“封资修大毒草”，触及每个人，特别是知识分子的灵魂和思想。钱春绮不属于任何单位，不是任何民主党派成员，没有任何组织关系，没有在任何会议上发言，没有发表过任何文章（除了出版《中耳炎》和《威廉·退尔》之类），本来，他是“文化大革命”的“化外之民”。谁知，这一场十二级狂风暴雨没有人能够躲得过。

一九六八年十月底，他的夫人高华松被一大群“造反派”

押回家，实行抄家的“革命行动”。高女士于天钥桥路小学任美术老师。工宣队已经进驻了文教单位，虽然是小学校，乃影响下一代的思想阵地，阶级队伍不可不纯。工宣队和夺了权的“造反派”教师，查出高华松竟然与日本人有书信来往。兹事体大，莫非是个暗藏的“敌特”？工宣队队员和“造反派”教师等人气势汹汹，要钱先生夫妇交代。原来此事系钱先生个人所为，连夫人都不知道。钱先生用夫人的姓名写信给日本一位翻译日文海涅全集的教授、专家，切磋翻译方面的问题。那一大群“不是请客吃饭”的来者勒令钱先生交出往来书信。外面形势如此紧张激烈，天天都有批斗抄家，钱先生早已把会惹祸上身的这些东西烧了。其中是否有丰子小姐的情书呢？不得而知。（钱先生要瞒他的妻子，自然有其“苦衷”，自然不会对他的亲朋好友“老实交代”的啰）。拿不出“罪证”，激怒了查抄者们。不过他们倒遵守当时并不必要的“规矩”，先向派出所提出要求，然后才翻箱倒柜。当然一切都已经由钱先生先下手为强了。一无所获之余，他们似乎收不了场，下不了台。“破四旧”总是名正“行”顺的吧。眼前四面书籍堡垒，而且有那么多的洋文，岂可让它们传播毒素？于是钱先生被逼到另一间，抄家者们叫钱先生的侄儿把书山书海一一捆扎，送到废品收购站卖掉，让它们永世不得现身。这些书是钱先生省吃俭用几十年日积月累搜集得来的。其中有希腊文和各国译本的《荷马史诗》，有歌德全集、席勒全集的德文本、日译本和英译本，以及一大批拉丁文文学作品，除此之外，还有钱先生的翻译手稿，如歌德的《浮士德》、海涅的诗歌和散文等等。这些，都是人类智慧的结晶，是精神的瑰宝，知识的财富，还有译者的心血啊！竟然都以“文化大革命”的名义，被无知、盲从、愚蠢、野蛮的一群人毫不留情地毁灭掉。钱先生每念及此都会心痛如绞。本人号称拥有“万卷藏书”，也同在此时遭此劫难，故有同感焉。

值得庆幸的是，钱先生总算没有经受当时常见的戴高帽，挂黑牌，“坐喷气式”、狠打恶骂、游街批斗等等的肉体刑罚，也幸免于从人变为“牛鬼蛇神”的退化，即被关“牛棚”，被隔离审查等等难得的经历。那些抄家者们也许是奉命行事，形势所驱，总算没有完全泯灭人性。还有一种情况，今日整人者，明日被人整。这也可能使得某些心虚胆怯的“造反派”手下留情。

书生书生，因书而生，以书维生。钱先生是啃洋书以维生的，现在断绝了经济来源，如何是好？而且，凡是爱书者都知道，书籍是一个人的精神支柱，与其血肉相连，好不容易构建起来的的支柱崩塌了，消灭了，真不啻丧失亲人。钱先生以空落落的心面对空落落的屋子，他最终没有垮下来，多亏他非凡的忍耐力、意志力，以及他贤妻的抚慰。这种狂暴的运动中，所有的亲友都自身难保，互不往来了。子女们如果成年，也会有坚决划清界线的。

年过半百的钱春绮在万般无奈、万念俱灰的情况中，于一九七四年十月，身揣一些粮票和钞票，背上简单的行囊，独自一人，“云游”四方。这时已是“文化大革命”的末期，他游历了江西、福建、广西、湖南、湖北、安徽和江苏各地，感受“革命洗礼”之后的祖国大好河山。

他回到上海静安寺的旧居，想想也无书可译，自己本来的志向是成为一名诗人。已经沾上墨水的手指是停不下来的，已经装满文思的大脑也是无法不表现出来的。他整个身心沉浸在“诗雾腾腾”的世界中，手不停挥，似有神助，写出了一部类似英国诗人拜伦的《恰尔德·哈罗尔德游记》的长诗。钱春绮的系列长诗名为《七省浪游放歌》，共两百四十余首，用英国诗人斯宾塞《仙后》的诗韵，即每首九行，第一至第八行每行五步，第九行六步，每步用两个或三个汉字组成，押韵式为

ababbcbcc。除拜伦上述长诗用此诗式以外，雪莱的长诗《阿多尼》和《伊斯兰的反叛》也用此诗式。我国自一九一九年五四运动以来，新诗已有近百年历史，诗人辈出，现当代诗人更多，如过江之鲫。但是新诗格律体备受冷落，钱先生所用的这种十分严谨的格律，当属首创，功莫大焉。钱先生经年累月，冶中外文诗歌于一炉，乃敢于作此尝试。虽然高山流水，曲高和寡，但是我国诗歌史上出现这样里程碑式的作品，实在值得大书特书。“文革”把文化逼到绝境，但是让钱先生意外地有了这样的丰收。不过，《七省浪游放歌》到目前为止仍是手稿，亟盼它早日面世。

钱春绮“藏在深闺人未识”的诗歌创作，除此之外，还有一部长诗《还乡之歌》。这是他回到故乡小纪镇的纪事诗，用四行一节的诗体写成，仿海涅的长诗《德国——一个冬天的故事》。

除此之外，他还写了《抒情诗集》、《叙事诗集》、《散文诗集》、《十四行诗集》，以及一部用文言写的《旧诗钞》。可惜我们暂时还无法欣赏和评价，因为都还是他的“手稿本”。香港《大公报》副刊上发表过其中少数几首。深圳《现代格律诗坛》总一期上也刊登过一首。

真是不可思议，作为诗人的钱春绮为何如此低调，甘于埋没自己。我可不是这样。本诗人如果偶有所得，必定请人打字，复印，广寄亲朋好友，“奇文共欣赏”，唯恐人不知。也会东投西投，碰到南墙才回头。钱春绮这些作品如果井喷一般涌现出来，至少在数量上说，也是惊人的，震撼文坛的。

可喜的是，钱春绮创作的《十四行诗和散文合集》，选了他部分诗和文，不久将出版。这是二〇〇八年七月上海市作家协会资助十位老作家各出一部创作。作协发下通知征稿的时候，钱先生还亲自到作协，要求把他的名额转让给我。这是幕后故事，我在这里透露，是为了他如此谦虚礼让，令我十分感动。但这是不合理的，不可能的，我当然拒绝了他的好意。我已马马虎虎出版过“三影”（《剪影》《幻影》《留影》），都是滞销书，钱春绮竟然还要捂住自己的珍宝，让我的敝帚现世，真让我不知说什么好。

一九七六年，“文化大革命”十年浩劫终于结束的时候，改革开放的春风一吹，万物复苏，知识分子熬到了头，钱春绮先生的命运又一次改观，达到了幸运的又一个高峰。他重操旧业，一九七九年出版了海涅的《阿塔·特罗尔》。一九八一年，人民文学出版社出版了《歌德抒情诗选》，成了钱译高峰上的一个奇迹。此书页数不多，每册 5 角，十一月初版后，一销而光，便不断重印，累计印数达到四十多万册，畅销全国书店以外，还扩展至各个书亭、火车站书报摊。如果是言情、侦探、凶杀小说书之类，这不算什么稀奇，这可是正宗的外国古典诗歌的翻译呀，真是今古奇观了。一九八二年，出版了《浮士德》；一九八三年，出版了《歌德叙事诗集》；一九八四年，出版了《歌德戏剧集》和《席勒诗选》；一九八九年，出版了《海涅抒情诗菁华》和《歌德抒情诗新选》。

如果要详详细细开列一张改革开放以后钱春绮先生译作的书单，很不容易。我估计在三十种以上，印数则有一二百万册。将来出版他的译作全集也是难题，要靠编者下大功夫梳理。这是因为，有些译作由多个出版社出版，比如歌德的诗歌，各书书名不同，但内容不免有一些重复。“文革”前，出版社分工，只有北京的人民文学出版社和上海译文出版社出版外国文学的翻译。改革开放以后，分工被突破，全国各地出版社都可出版外国文学的翻译，许多编辑赶来向钱先生约稿，使他应接不暇。大致说来，主要如下：上海译文出版社出版了《歌德诗集》（一九八二年），初版印了十四万册。江苏人民出版社出版了《德国浪漫主义诗人抒情诗选》（一九八四年）、《法国名诗人抒情诗选》（一九八七年）。湖南人民出版社出版了《斯托姆抒情诗选》（一九八七年）。漓江出版社出版了《尼采诗选》（一九八六年初版；至一九九二年六版，共印了194 500册）。山东文艺出版社出版了《歌德抒情诗100首》（一九九二年）。山东大学出版社出版了《海涅诗选》（一九九九年）。北岳文艺出版社出版了《黑塞抒情诗选》（一九八九年）、《海涅诗歌精选》（一九九四年）、《歌德诗歌精选》（一九九四年）。百花文艺出版社出版了《海涅散文选》（一九九四年）、《尼采散文选》（一九九五年）、《青年维特的烦恼》（一九九六年）、《里尔克散文选》（合译，二〇〇二年）、《瓦莱里散文选》（二〇〇六年，合译）。湖北教育出版社出版了《拉封登寓言全集》（合译，二〇〇七年）。三联书店出版了尼采著《查拉图斯特拉如是说》（二〇〇七年）。人民文学出版社出版了插图精选本《恶之花》（二〇〇八年）。

经过“文革”毁灭性的抄家之后，他翻译所据的原文是哪里来的呢？大概一是出版社提供；二是从图书馆借用；三是友人借阅或国外购买的吧。天无绝人之路，好书焚不尽，春风吹又生，史有明鉴。

钱译世界名著，特别是诗歌，在我们九百六十万平方千米的祖国大地以及海外各地，简直是铺天盖地，蔚为大观了。就我所知，虽然有些译作印数惊人，比如《钢铁是怎样炼成的》、《卓娅和舒拉的故事》、《斯巴达克斯》、《牛虻》、《简·爱》、《红与黑》、《乱世佳人》等等，但我不知道还有谁像钱春绮译的诗歌品种如此之多，印数如此之大，影响如此之深广。

果然，钱春绮创造奇迹的成就，其名声远远传播到欧美各国。一九八五年十月二十六日，联邦德国《每周邮报》主编齐默曼女士及卫生编辑沃尔夫女士专程来沪采访他。一九八六年十月八日民主德国德国之声电台 B. Scheer 女士也来采访。一九八八年二月，海德堡大学德博教授和加拿大麦克基尔大学夏瑞春教授联名邀请他去海德堡，参加“二十世纪中德文化关系”学术讨论会。这原是一个出国的很好的机会，不料钱先生去出入境管理处申请护照时，碰到工作人员态度生硬，他那副知识分子的傲骨又一次铮铮不屈，愤而放弃了申请。虽然联邦德国驻上海领事馆好言劝说，并两次派人上门提出代为“倒签证”，他都婉言谢绝。我国宝岛台湾诗人莫渝于一九八九年八月十三日来沪采访他；次年台湾诗人李魁贤也来采访他。但是他没有机会回访。

新中国成立后，进入公私合营或国营单位的职工，被认可为“参加革命工作”。钱春绮自一九五二年自第四医院辞职，重新参加革命工作是在一九九五年二月，他七十四岁高龄的时候。可说他“失业”了四十年以后，才重新捧上了饭碗，每月可拿固定工资。这时，上海编译所已经撤销，草婴先生以及另外五六位专业外国文学译者，包括钱先生，进入了上海文史馆。钱春绮时来运转推不开，左右逢源福如海。

一九九五年七月二十八日，钱先生第一次出国。他的公子已移居美国，他是去探亲的。他只待了三个月左右，游历了美国东部几大城市，参观了华盛顿的自由女神像、国会图书馆、国家美术馆、白宫。波士顿的哈佛大学燕京图书馆、美术馆等处。十月十日离波士顿回沪。

一九九六年九月底，他住了几十年的静安寺附近的家拆迁改建。折腾了很久，终于搬到外环线郊区大华三路。面积较原居扩大了一倍多，条件大为改善，可以说时来运转，为他锦上添花。遗憾的是此处离市中心太远，出行不便，与亲朋好友距离拉长了。钱春绮感情丰富，在离别旧居之前，上海社科院文研所的好友、研究员孙琴安先生特为他拍了好几张照片。最后一夜，他在空荡荡的房间里独自一人，席地而卧。这一夜，他做了多少梦？好梦？恶梦？……不得而知。从他《口占一绝》诗里，或可窥见他此时的心情：

五十余年住此楼，
一朝拆毁化荒丘。
徘徊不忍多留恋，
为怕伤心老泪流。

原上海人民广播电台文艺部主任郭在精先生，为了做节目，曾采访我们几个人，并写成文章，收在他的书《秋水与火焰》之中。他又在《新民晚报》副刊上写了一篇文章，称我们为“五剑客”。此五人即钱春绮、译英诗无数的黄杲炘、译雨果诗的张秋红、译普希金的冯春（郭振宗），以及滥竽充数、无“家”可归的我。我不过因为拆迁前家住富民路，距译文出版社仅十分钟的路，距静安寺亦近。黄、张、郭都是我译文社的同事，都爱好文学、特别是译诗。工作之余，到我家坐坐，随便聊聊。钱先生接到电话，便骑上他的“老坦克”欣然而来。我的陋室能得高朋光临，蓬荜生辉，自然使我心花怒放，兴奋不已。不过，这一聚会始于改革开放后不久，“文革”中狠批什么“三家村”、“四条汉子”、“小集团”、“非组织活动”等等的教训尚存阴影，出版社中还有人以打趣的口吻向我打听“五剑客”的事，不免心有余悸。其实，我们碰头的机会并不多。个人事忙，业余也多半抓紧时间不敢浪费，译那么几行。后来，钱春绮、张秋红都搬到“上海最前线”，往来不便，无形中“散了伙”。

值得一提的是，诗人兼译诗家屠岸从北京来到上海“故土”的时候，我们在饭店里合请了他。钱先生当然在座。

君子固穷，难得彼此请客，也都在中小饭店，不敢奢华。倒是有一次，大概二〇〇〇年秋天的某一天，在冯春家中，“剑客”们做了一回食客，大嚼了一顿。可能是因为冯春译普希金诗十卷出齐了，为此庆贺一番；可能同时是他的家由邻居出让几间而得以扩充了。冯春不但善译，书法、国画、篆刻也都有一手，而且出乎我们意外，他的烹饪艺术也是令人垂涎三尺。他和夫人张惠红办了满满一桌美味佳肴，使我直夸为福建帮的“满汉全席”，他乃福建人氏也。

冯春好客，二〇〇三年十一月二十日，又邀请我们前往其府上。不料这次出了意外。

冯春和华师大教授、作家、翻译家王智量假冯春的客室兼书房办了一个书画双人展。只见并不很大的屋子，四壁挂满了花卉、竹木、鱼虾、书法作品，琳琅满目、万紫千红，真是一派枯木逢春的美景！其中也有钱春绮的一副大作参展。我惊叹又羡慕他们多才多艺，大脑潜能竟然如此丰富，如果不被摧残，而是有条件、有机会、有时间，尽情“开发出来”，会有何等辉煌的贡献。参观者除“剑客”及夫人们以外，还有一位年纪比我们小得多的“爱诗者”黄福海先生。可是偏偏缺少一位我们当中年龄最长的那位钱先生。已经过了吃晚饭时间，冯春夫妇请全体去他家附近一家叫做“阿英煲”的饭店就餐。左等右等，钱先生姗姗来迟。原来钱先生远路赶来，公交车到站，他用尽力气挤下车的时候，向后一倒，跌在一个水泥花坛之类的东西上。摔得不轻，以致右上臂关节脱臼，尺骨骨折。他老人家竟然忍着疼痛，奔来冯府，再同我们一起去“饕餮”。他怎么能克服伤筋动骨的困难，吃完那一顿，再乘车回家的，我简直难以想象。我们当时并不知道他伤得那么严重。他只不过轻描淡写地说了一声，摔了一跤，所以来迟了。我后来问他：为什么不直接去医院查一下呢？他的回答还是淡淡的：“我能忍。”从这件事我看出了他性格中坚韧的一面。“是可忍，孰不可忍。”他在文字工作上取得巨大成功，不正是因为他坚忍不拔、坚持不懈、坚强不屈、坚定不移而致之吗？

能够成就一番事业的人，多数具有异于常人的性格。这正是值得我们敬佩、学习之处。不过，我觉得，天下芸芸众生一般都是平平淡淡、平平凡凡过日子。如果没有大的追求，不具备不凡的性格，也不必自卑或自责。幸福的样式是多彩多姿的。能够一生平安，就是一生幸福。信笔至此，忍不住写些题外话。

自从二〇〇三年钱春绮摔跤事件之后，我们之间交往更少了。有几次难得的聚会，为了免生意外，不敢劳他大驾。但是他仍然不知老之已至，有些可不参加的会议、协会组织的路途遥远的活动，他也欣然参加。我为他捏了一把汗，有时在电话里徒劳地劝阻他。

记得是间隔多年，直到二〇〇七年才在徐汇区中心医院邂逅。我是老病号，早已是医院的“资深院士”。年过八十以后，出门已成了轮椅滚动族。大概是四月六日，我“滚”到医院电梯口待上楼时，惊喜异常地遇见钱先生。他正为他的夫人办理出院结账手续。他的夫人已住院多日，可以回家休养了。他办完手续再上楼，到我病床前，彼此聊了一会儿。我住院大约一个月，回到自己家中不久，万万想不到接到钱春绮报丧的电话，说他的夫人于十五日午睡时猝然去世。她患有心脏病，双脚肿胀，医治后未能痊愈，突发心肌梗死。钱春绮在电话中呜咽哽噎，泣不成声。我听了感到十分震惊，为老友晴天霹雳的遭遇悲痛不已。我恨不能插翅前往他府上吊唁，只能在电话中尽力劝慰。

他的夫人高松华是一位贤妻良母型的女士，纯朴善良、沉默寡语而又十分热情，我每次去他们家，她都亲切招待，还要留饭。他们相濡以沫有五六十载，鹣鲽情深，大风大浪中同生死，共患难。钱先生的成就自然要依靠夫人艰苦持家、抚养儿女的默默贡献。钱先生失去她，感到椎心之痛可以想见。

本文开头说的二〇〇八年九月二十日，钱春绮先生忽然光临寒舍，便是这时以后的头一次见面。

二〇〇八年十月，钱先生痛定思痛，无限深情地写了一首十四行体《悼亡诗》：你就这样突然间撇下了我，/也没有一句遗言留下给我？/对着你的骨灰盒、你的玉照，/怎能不想念你的音容笑貌？//我原以为死在你的前面，/想不到你却抢先去了西天。/人去楼空，叫我这独居老身，/怎样消磨每日寂寞的时辰？//你的游魂，如今漂泊在何处？/为何不回家看看我的境遇？/你就不想在梦中跟我团圆？//多么酸楚，我猛忆起李后主，/在《浪淘沙》词中填写的名句：别时容易见时难，天上人间。

这首诗刊登在打印本《第十七届金秋诗会特刊》上。上海翻译家协会多年来每年举办一次金秋诗会，第十七届与复旦大学外文学院合办，于二〇〇八年十月二十八日下午在复旦大学举行。我以年老体衰，“滚”不到那么远为由，没有参加。钱春绮却不顾八十八岁高龄，远程赴会，而且应一位教授之约，用了晚餐才回家。他的精力和体力远远超过了我。

那本特刊共六十多页，其中诗作和中外文对照诗歌供上台朗诵者朗诵之用。钱春绮除了这首《悼亡诗》之外，还有多首翻译诗。我的一首十四行《悼方平》也印在特刊上。方平（陆吉平）先生，与我在出版社共事二十多年，他是著名的莎士比亚作品的翻译家、研究家、学者，译作等身，如《十日谈》、《呼啸山庄》等等，也出过诗集《随风而逝》和多部散文集。他勤奋好学，一生都奉献给了笔墨，令我十分敬佩。想不到金秋诗会前一个月，即二〇〇八年九月二十九日，因肺功能衰竭，突然晕倒，送往医院不久之后便溘然长逝！他终年八十八岁。他靠自学不辍，终于成为一位翻译大家，在莎氏翻译的成就上可说与朱生豪和梁实秋成三鼎足，或者说三峰并立，为介绍世界文学的瑰宝立下不朽的功绩。

金秋诗会之后约半个月，二〇〇八年十一月十日上午，钱春绮又一次令我惊喜和惊奇地光临寒舍。他还是步履蹒跚，拄着手杖。坐下喘息了一会，他便摸出药片，可能是保心丸之类，吞服下去。我留他午饭，他坚持不肯，说是顺道而来，还有事去办。他留给我上述那本特刊，是特为我多拿一本的，还有一瓶宁波酒糟青鱼块。这些细节中流露出他浓浓的友情，使我感动不已！

要补述一下的是，上一次，九月二十日他光临时，送了我两本他的译作。一是译自德文，尼采的《查拉图斯特拉如是说》，二〇〇七年十二月，三联书店版。二是译自法文，波德莱尔的《恶之花》，插图本，二〇〇八年三月，人民文学出版社版。两本书都为修订重印的，印刷十分精美，译笔仍如他一贯的风格，练达流畅，精雕细琢。序跋和注释则丰富详尽。这些，皆非学富五车，一丝不苟的学者型翻译家莫办。我摩挲翻阅，不胜羡慕感佩之至。我欲心慕手追之，却怎么也追不上他！

我的另一位诗友屠岸先生，也是一位学者型翻译家。数月前自北京寄给我他的《莎士比亚十四行诗》的修订全译本，以及济慈的诗歌精粹《夜莺与古瓮》的插图译本。在我心目中，他们是“南钱北屠”，双星辉映。屠小钱几岁，一九九八年，他的老伴章妙英女士（圣约翰大学毕业，曾任田汉先生秘书）

去世，屠岸也孤身一人。他和钱彼此通信，互相慰问。夕阳西下，我们这些在晚霞映照下的白发稀疏的文字工作者，或曰文化人，都不免有喜有悲，往事历历，心潮澎湃，感怀无限。

无法抗拒的历史浪潮、时代风云使钱春绮从一位本来可能顺利成功的诗人、文学家，变成了一位医师，再变成了一位翻译家。从《中耳炎》到《恶之花》是不是“无心插柳柳成荫”呢？恐怕钱先生本人也说不清楚。且把答案交给命运之神吧。

钱先生的译作必定还会源源不断地出版重印本。一时还不会有后来者取代他的地位。《恶之花》相信不会是他的最后一本出版物。以他的高龄，不知他是否再译出《伊利亚特》、《奥德赛》等名著。我曾听说他对《荷马史诗》有兴趣。

我希望他现成的创作诗稿喷涌而出，一则成就他原来的成为诗人的梦想；一则让文坛添此异彩，让读者一饱“读福”。我曾听说他对佛学甚为崇敬，爱读佛经，与静安寺僧人常有交往。如此，钱春绮的诗作，会有禅味渗入吧。

我这篇文章酝酿颇久，动笔则始于二〇〇八年冬。初稿完成之后，一遍遍修改，至越年二月，自觉可以搁笔。然后请友人周莲女士据手写稿打印、复印。再请黄福海先生前去钱府访问之便，带一份复印件，请钱先生亲自过目。不意钱先生对拙文指出有不少地方所叙不确。他老人家花了许多时间，把他的生平一五一十写在格子文稿上，一共写了十五页，还未写完。他在电话中对我说不日将再来我家，当面交谈。我一再劝阻，说他写的材料可请《美术》主编卢金德先生便中带下。卢先生住处与他近在咫尺，办公则在“文联”，距我家不远。

意想不到的事情又发生了。二〇〇九年三月九日晨，钱先生的幼女钱守龙突然从香港打来电话，说她的父亲在家中平地摔倒，股骨骨折，已送徐汇区中心医院住院治疗。我一直为他担心的事终于发生，心中不胜忧急，打了好几个电话转告我们共同的朋友。卢金德先生十分热心，替钱先生多次奔走，找大夫，说明钱是文化界知名人士，年事已高，家中少人，恳请精心治疗。

第二天，钱先生的长女钱守衡光临，带来他所写的生平资料十五页，说是她父亲关照送来给我。同时，还有其他材料供我参考。钱春绮如此重承诺，住院了还不忘我在等待。我真是百感交集，敬佩不已。

根据他亲手写的材料，我把原来的文稿，几乎重写了一遍，内容大概增加了一倍，可靠性可说是不敢造次，言之有据的。

天有不测风云，人有旦夕祸福。到了风烛残年，我们更要紧紧抓住光阴的尾巴！

我又要把“人生蒙太奇镜头”闪回到二〇〇九年一月十四日。这一天上海翻译家协会举办一年一度的春节联欢会。会员难得聚首，此刻大部分都会参加的。联欢会在下午举行。趁此机会，我们（钱春绮、黄杲炘、张秋红、冯春夫妇、我和妻子，及推轮椅的外孙谢丰年，加上王智量、黄福海）假文艺会堂二楼“老爷鱼翅”饭店用午餐。原来的计划是“哥们儿”公请钱先生，为他祝寿。他八十八岁生日我们不知道是哪一天。但是如此机会，不容错过。翻译家协会得知这样的寿宴十分难得，结果由协会出面请客。我们从上午十时，“宴”到下午二时，欢声笑语，钱先生吹寿烛，切蛋糕，也非常兴奋，接着大家下楼参加联欢会。我记上这次宴会，是感叹人生无常，只不过两个多月以后，钱春绮就骨折住院了。得欢乐时且欢乐吧，我写过一首短诗：“人生是一出悲剧，因为最后的结局是死亡，但是如果愁眉苦脸地过一生，那是更大的悲剧。”（《冥想录》之二四）

我们这些在大上海的大环境中，“结合”成一个不起眼的小圈子的“白头翁”们，回顾一生，大概并没有一直愁眉苦脸。毋宁说，都是战胜艰难困苦，在书案前默默耕耘过来的。有苦也有乐：笔底有乐。热衷于吃喝玩乐的物质享受的人们当不知吾等之乐。

钱春绮先生是我们的表率，值得我大书特书。只是我一支秃笔是不是把他的音容笑貌、精神风骨都准确地刻画出来了呢？我不敢说。然而他的成就是实实在在的。

钱春绮的译作和创作，已出和未出，共计约七十种。字数当在千万左右。册数包括初版、重版、改版不计其数。我想，如果一本本接连排列起来，或许不止能绕上海外环线一周。钱春绮一九九七年获全国优秀文学翻译彩虹奖。二〇〇二年由中国翻译家协会授予“资深翻译家荣誉证书”。

钱春绮（前排右）与方平（前排左）、冯春（后排左）、张秋红（后排中）、吴钧陶（后排右）

遭难三十载　书成泣鬼神

——记王智量与（他的《奥涅金》和）《饥饿的山村》

初识王智量先生大概在一九七八年。那时“文化大革命”结束了，但是百废待兴，正在拨乱反正。我们新闻出版的从业人员五千多人，曾经于一九六九年被林彪发布的“一号命令”掀起的“革命浪潮”冲到上海奉贤县海边第一线的芦苇滩修路盖房，一边“斗批改”，一边在盐碱地上种稻种菜。我们这些“老九”们观赏过几千个东海的日出。许多人自称“老山东”，即过了三个冬天，甚至更长。我则受到照顾，大概过了两个冬天，便被调回上海市区，在市郊燎原化工厂（原为吴蕴初办的天原化工厂）“战高温”，实际上是边劳动边接受工人师傅的“再教育”。我在废品仓库修旧利废，并未被派到高温车间。大概干了一两年，这时上海人民出版社编译室成立（一九七八年一月一日挂牌为上海译文出版社），资料室里堆了上万册的外文书，这是从上海文艺出版社搬过来的，无人整理。“反右”

后，“文革”前，我就在上海文艺出版社资料室工作。“文革”后期，上海所有的出版社合并为一个上海人民出版社。经老同事陈蕙珍推荐，编译室领导周晔（周建人先生的女儿）把我调回出版社干我的老本行。之前，人事科长季德本还到上述化工厂了解我的改造情况，知道我表现良好，刮废品上的铁锈很卖力，还经常为工人师傅读报，教唱革命歌曲，等等。这是季同志事后对我说的。出版社可是“宣传阵地”，当时可不是那么容易重回“上层建筑”的。

资料室的书库里关的大都是“封资修大毒草”，除工具书、工作上必要的参考书以外，一般要严格把关，概不外借。编辑同事常来资料室，常常借不到什么“闲书”。

王智量先生刚来资料室的时候，我觉得很陌生，以前从未见过啊。他是半途加入陆谷孙先生主持的《英汉大词典》编写工作的。大词典的编辑室不在我们编辑室本部。

王智量先生瘦高个儿，戴一副眼镜，说话时总是带着谦逊的、似乎含着歉意的笑容，露出牙齿。但是他言语不多，似乎“不尽欲言”，似乎“难以言表”，逐渐逐渐，我了解了一点他的身世。原来和我一样，也属于“玳瑁族”。

“玳瑁族”是拙文写到此处，头脑中忽然闪现，顺手写下来的。凡是知道1957年那场“大阳谋”便知道这个谐音词指的是什么。戴了帽，称为“右派”，后来摘帽，还被人称“摘帽右派”，再后来“改正”，依然被人称“改正右派”，所以我想就用“玳瑁”作总的指代。也好与“海龟”相对嘛。王智量先生和我是这庞大的“动物”群中的两个。当初，天南海北，素不相识，竟然“走到一起来”了。当初，都是三十岁左右的年纪，青涩懵懂，不知天高地厚。这时，“文革”结束，都已是年过半百两鬓斑，历经沧桑而“知天命”之不可违了。

凡是曾经沧海的“玳瑁”都知道祸从口出或祸从笔出之可畏，后来说话无不谨小慎微，斟词酌句，吞吞吐吐，三思而言或三缄其口。西谚有云：骗我一次是你的错；骗我两次是我的错。能不慎乎？因此，他和我虽然彼此隐约知道属于同类或曰同属“另类”，却并不知根知底。直到二〇〇九年拜读他的赠书《人海漂浮散记》和《一个不老的老人》之后，我才对他有深入的了解，深切的同情和深深的敬佩之心。

王智量先生一九二八年生，比我小一岁。我忝为“难兄”。可是在许多许多方面，我都是望尘莫及。他小时候便被目为神童；十六岁起便在报刊上发表文学作品；一九四七年十九岁考入北京大学，又有“北大才子”之称。是不是天资聪颖，使他恃才傲物，桀骜不驯，因而最后招来横祸呢？木秀于林，风必摧之嘛。然而在我认识他的时候，已经中晚年了，丝毫也感觉不到他有这种神态。是不是经过大苦大难之后，已经“脱胎换骨”了？人的先天是DNA的合成物，后天又是环境的锻造物。先天加后天，千变万化，形成各不相同的芸芸众生。有人说性格就是命运，我觉得是我们严酷的时代决定了我们的命运，而我们的命运铸成了我们的性格。王智量先生如果不是“玳瑁”，我相信他的精神面貌会有所不同。当然，我相信自己也是如此。

王智量先生做北大学生的时候，很活跃，很杰出。他是共青团支部书记，三反五反运动中当了“打老虎”队的小队长，又是文艺团体“新文艺社”的负责人。他在俄文方面很快就能说会译，给苏联专家做课堂口译。一九五四年，他被调入中国社会科学院文学研究所，从事俄国文学的研究和写作，协助诗人、作家、所长何其芳办刊物。真是少年得志，前途无量。谁知一下子“风云突变”，说变就变。一九五六年匈牙利事件之后，中国共产党开始整风运动。这次是开门整风，号召向党提意见，言者无罪，闻者足戒。“反右”以后，记得郭沫若解释说：言者无罪，但是有罪的言者不适用这一条。真令人茅塞顿开。王智量提了同意“教授治校”，还说了镇压反革命运动中出现抓错和批错的案件。这些是他言论上的罪行。在行动上，虽然没有什么“反党小集团”的问题，但是走“白专道路”也是右派的特征呀。

这时，王智量迷恋上了普希金，已经翻译了他的诗体长篇小说《叶甫盖尼·奥涅金》的开头六十几个十四行诗节。此事也在反右派斗争中被人揭发和批判。

“反右”本来是反章伯钧、罗隆基等民主党派的头面人物，结果扩大到王智量和我这等小而又小的小人物头上。当时有一篇著名的讨伐右派的社论：《这究竟是为什么?》。这究竟是为什么呢？真叫我们小而又小的“玳瑁”们迷惑不解。

王智量是一九五八年补上一顶的，我也是。依我看来，他的罪行并不严重，却不知为什么被划为“第三类”右派分子。也许这也是性格使然。当时越不认罪，越被认为“态度恶劣”，“级别”越要“提升”。一九五八年一月二十九日，有一个关于“国家薪给人员”和“高校学生右派”的处理原则规定的文件。这个文件由各级领导掌握执行，我们这些小“玳瑁”只在宣布或者说宣判大会上，听说自己被归到哪一类。第一类最重，实行劳动教养，特坏的开除公职。第二类，撤职，送农村或农场监督劳动。第三类，考虑其人尚有学术专长，工作需要，或年老体弱不能劳动者，撤销原职，留用察看，降低待遇。……第六类，情节轻微，态度好的，免于处分。

不论属于哪一类，看不见的帽子都要戴的，而且没有“刑期”。而且也都属于“作内部矛盾处理”的“敌我矛盾”，即“不拿枪的敌人”之类。

当今的白领们或者蓝领们也许会觉得看不见的帽子没有什么大不了。一个学术单位或者事业单位并非行政部门或司法部门，此处干不了，咱可以“跳槽”哇。如果这样看，那就是把改革开放的环境当作当时的环境了。岂可同日而语？

“宣判”以后，“玳瑁”们成了千夫所指的罪人，孤立在亿万群众的汪洋大海之中，开始了二十多年的“苦难的历程”，一如阿·托尔斯泰所说“在盐水里泡三次，在碱水里泡三次”。本来，第三类的王智量照规定应该“撤销原职，留用察看，降低待遇”，和第二类有所不同，可是他在一九五八年五月份就被送往太行山区劳动改造了，从九十五元五角月薪降为每月三十元生活费。

他在北京中国社科院文研所空荡荡的办公室里陷入痛苦的沉思之中，第二天就要向茫茫前途“出发”了。他恍恍惚惚走进空空荡荡的厕所里。方便以后，听见背后有声响。他不敢回头，却传来一声四川口音的话："《奥涅金》你一定要搞完咯！"这是所长何其芳说的。说完何所长左右张望一下，悄悄地走了。这是一句临别赠言。此时，此地，为什么不说"你要好好改造咯"？何其芳不但是所长，还是"反右"领导小组的组长。他的赠言里透露出爱惜、惋惜的温情，在阶级斗争的严峻形势下可是要担风险的。

何其芳（一九一二—一九七七）年轻时即以诗文著名，出版过《预言》和《画梦录》等。很早去延安投身革命，担任过朱德的秘书。新中国成立后担任过许多政治和文化部门要职。令人遗憾的是，一九五五年他写过一篇长文《胡风的反动文艺理论批判》，有人认为这是胡风冤案中的一枚重磅炮弹，对胡风夫妇是"雪上加霜"。尽管如此，他对王智量先生如此关爱实在令人感动。王智量此后二十二年的苦难的历程中，这位俄罗斯的主人公奥涅金如影相随，始终陪伴着他。

王智量聪明才智的一个方面，就是他具有罕有的惊人的记忆力。普希金仿照拜伦《唐璜》形式所写的长诗共约六千行，王智量学俄文不过几年的工夫，竟然能够从头到尾背诵出来。他在文研所协助所长编刊物的时候，与所长多有接触。一次，他朗朗上口地用俄文背诵了片段。何其芳大为惊讶和赞赏，鼓励他翻译全文，介绍给我国读者。王智量正信心百倍地投入这项工作的时候，想不到荆冠加顶了。何其芳那句临别赠言正是他既爱诗又爱才，却又无可奈何的一种表现吧。

历次政治运动都是疾风暴雨、声势浩大、惊心动魄的，都是“完全、彻底、干净”，“不获全胜决不收兵”的。行动迅速，雷厉风行，一九五八年定案后，王智量就被开除共青团团籍，调离原单位，送往河北北面太行山下建屏县（现为平山县）小米峪村劳动改造。本来应该青云直上，现在是飞流直下，命运一下子来了个一百八十度大转弯。如果是真的出于爱护和培养，让知识分子脚踏实地，从亲近泥土得到新生，倒也没有什么不好。祖国大地不到处都生活着我们的骨肉同胞吗？如果判定若干时日的期限，倒也有盼头，“玳瑁”们还可以在心中暗暗计算或猜想自己的未来。然而绝非如此。这种种待遇只给革命群众。“玳瑁”就是罪人，就是“地富反坏右”阶级敌人中的一个“分子”。阶级敌人当然也必须心情沉重，夹着尾巴，不苟言笑。

王智量被安排住在一位老党员王良同志（后来称作王良大伯）家中，和农民同吃同住同劳动，真正地、直接地感受到我国农民淳朴、诚实、善良、忍受艰难、吃苦耐劳的品格。这里没有歧视，没有钩心斗角，也不懂阴谋阳谋是什么，他们用清白无瑕的灵魂直接感受外界的事物和人物。王智量也真诚地努力改造自己，如果说心有杂念，那就是争取早日摘帽，“回到人民的队伍里来”。王智量劳动毫不含糊，绝不偷懒，农民们也都看在眼里，记在心里。他出生于陕西汉中的一个书香门第，虽然没有干过体力活，但是身强力壮，孔孟之道中的“劳其筋骨，饿其体肤，空乏其身”之类的格言也“铭记在灵魂里，溶化在血液中”。所以他深受当地农民的欢迎是很自然的事。

就是因为王智量表现得太好，太和人民群众打成了一片，害得革命农民都“分不清敌我”，模糊阶级关系了，上面的“下放领导干部”便不乐意了。突然来了一道命令，把王智量调离山区，派到二十多里外的南古月村去继续改造。

临别时，小米峪队里的老乡竟然送他一个镶有西湖风景的玻璃镜框，外加大红枣和白面馍馍，感谢他“下放支援”！竟然像送子弟参军一样！同时，王良大伯还恳请领导早日给他摘帽。

他在南古月村只劳动了不到两个月，忽然来了命令，叫他回北京。这是天大的喜事吧，还是另一个大祸临头？是福星高照，还是达摩克利斯之剑高悬？人的命运是命运之神掌握的，谁能知道下一步棋？

一九五九年底，中央有一个给少数“右派”摘帽的文件。王智量奉命回北京的文研所，正是来参加这一次的摘帽会。他满心欢喜，信心十足。自己改造的表现有目共睹，农民的反映上面不会不知道。第一个摘帽者一定是自己！

会议开始。革命群众济济一堂，等待文件的宣读；好几个“玳瑁”则十分紧张，十分期待。谁也想不到，这时推门进来一位女同志。王智量更是万万想不到来人是他的妻子。她是被邀请参加，来聆听关于她丈夫好消息的吗？

非也。会议主席宣布讨论摘帽名单，其中第一名果真是王智量；激动人心的时刻到了，改变命运的时刻到了。但是他的妻子要求发言，说道：“我抱着对党对人民对社会主义负责的态度，也是经过激烈的思想斗争，来这里……”做什么？——揭发王智量现行的罪过！

她拿出丈夫在农村改造时写给她的一封信，大声朗读：“王智量带了一个矿石收音机，收听外国电台攻击我国“大跃进”、人民公社、大炼钢铁等等运动。”这是“偷听敌台”，罪不可逭！还不止如此，信上白纸黑字写着：“那些胡说八道我当然不会相信，但是，在我们的国家里，现在仍然有着……我所看不惯的东西……想不通的东西，明明白白是夸大的、虚假的、歪曲的。不公正的东西，这些东西其实也是非常讨人厌的……”

真是胆大包天！真是罪该万死！经过历次政治运动，特别是反胡风运动中那些“黑信”披露后的后果，他怎么不吸取教训呢？

作为他的妻子，这一“革命行动”是站稳立场大义灭亲的表现，还是关键时刻的落井下石的背叛呢？她读完信，还情断义绝地表明态度：“请大家看看，一个有着这种思想的人，对党和政府抱这种看法的人，能不能算是一个改造好了的人呢？够不够资格摘掉‘右派’帽子呢？”

王智量在《人海漂浮散记》的“后记”上说，他本来要写一篇《同林鸟》，然而提笔泪沾襟，没有写成。估计这一惨痛的经历应是“夫妻本是同林鸟，大限来时各自飞”的内容之一。他没有写，别人也无法知道那惊心动魄的一幕的内幕了。

我至今没有问过详情，以免触动他心灵深处的创伤，只大概了解，他和妻子原是北大校友，妻子是读西语系的，两人郎才女貌，十分般配。大学刚毕业，于一九五一年结婚，过了几年不富裕却幸福的生活，生育一女名王可，一男名王为。厄运是从王智量成为右派开始的，妻子也受到牵连，下放到农村劳动，地点距小米峪村不远。艰苦的环境中，她患了肝炎住医院。王良大伯竟然弄到十分难得的三十只鸡蛋送去给她滋补。

阶级斗争是残酷的。革命能够改天换地，翻天覆地，那种犯了罪的资产阶级知识分子的卿卿我我的爱情、婚姻、家庭又算得了什么？

王智量当天被逐出了会场。不久以后，他们办了离婚手续。接下来，他没有返回原来的农村，而是被发配到遥远的兰州，到甘肃人民出版社，指定他在《工农文艺》编辑室，老老实实，夹紧尾巴做一名勤杂工。除了极其简单的行李、褴褛的衣衫，和一顶原来的、依然没有摆脱掉的看不见的帽子以外，他已经一无所有了。哦，他在世上还有父母兄嫂的牵挂，还有判在他名下的幼子要抚养。哦，还有心中念念不忘的那位俄罗斯老外叶甫盖尼·奥涅金。

说起这本诗体长篇小说，乃是“俄罗斯文学之父”普希金的代表作。毫无疑问，它是世界级的经典名著。王智量自学俄语用这本书作为教材，花一年的时间背诵，被它的艺术魅力深深打动，终身难忘。不过就其内容来说，与我国当时的革命环境恐怕是格格不入的。奥涅金是俄国十九世纪初沙皇统治下的一个贵族纨绔子弟，出入宫廷，现身宴会舞会，周旋于绅士淑女之间，尽享美酒佳肴。这些奢靡的“天堂”般的生活场景，和我国二十世纪五十年代的农村对比起来，反差实在太大。虽然奥涅金对那些腐朽的现象十分反感，但是他不是一个像十二月党人那样的革命者，只是一个精神上的叛逆者，是一个“多余的人”。奥涅金的恋人达吉雅娜在普希金笔下则是一位纯洁、善良、高雅、美丽的女性。他们之间的一些情节是普希金诗著中的不朽的篇章。可是达吉雅娜和我们农村的秋菊、冬梅也毫无干系。

王智量大概是被这部作品的艺术魅力深深打动，所以他许下心愿一定要把它完整地和完美地翻译介绍给我国读者。虽然还有译作出版在先，他觉得自己有能力也有责任更上一层楼。何其芳的信任和鼓励想必也是他下定决心的动因之一。五十年代的文学翻译方面，欧美作品已很少见；俄苏文学作品，主要为高尔基、马雅可夫斯基等作家的“社会主义现实主义”作品。王智量并不考虑这些因素，却选择他的最爱，愿意为之呕心沥血。

奥涅金在冥冥之中甚至还救过王智量的命。有一天，他独坐在滹沱河边，望着河水，忽然觉得前途渺茫，一次次受到批判，受到屈辱，还要上交检讨，上交思想汇报，没完没了，活着有什么意思，不如把自己交给东逝的流水吧。他想纵身一跃，却闪现了那许多诗行。他无论如何要完成它。奥涅金在呼唤。于是王智量脱下破帽（不是看不见的那顶）扔下河去，让它做替死鬼。

他第一次下放到平山县小米峪村住在王良大伯家中，和大伯念初中的儿子海兵同睡在驴圈旁的土炕上。白天努力劳动，但是奥涅金的影子在他心中、脑中挥之不去。他双脚一下一下踩着稻田里的土，为了把下了种子的田埂夯实，他在想象中则踩着四音步抑扬格的诗行，默念自己的译文是不是合辙押韵。到了夜深人静，海兵已鼾然入梦，他撕下糊墙的报纸，或者找出卫生纸，或者拆开香烟纸盒，凑着闪动的煤油灯光，写下一行一行汗水心血凝成的中文诗句。

这真是惊天地泣鬼神的文字耕耘！想想这样的画面吧。古代有过匡衡凿壁偷光，车胤囊萤照读的故事，外国有过笛福狱中著书的故事。王智量在如此艰苦的条件下，孜孜不倦地译诗，不是可与那些先贤们媲美吗？

一九六〇年初，王智量被放逐到离家更远的兰州，指派在甘肃人民出版社里劳动。看起来，这里是城市，他又混迹在知识分子成堆的地方，不再是面朝黄土背朝天，干重体力活了，日子该好过一些了吧。否。人的善良与否和文化程度没有必然的联系，知识分子中的恶人并不罕见。出版社里那个《工农文艺》编辑室主任对他百般折磨，派他做勤杂工，要“享受一下让大知识分子侍候的味道”。他清晨五时起床，打扫办公室卫生，清理八张办公桌，将二十个热水瓶冲满，洗烟灰缸，给每个革命同志沏茶，买午饭，收发邮件、报刊，还要种菜、施肥，等等。除了做这些服侍编辑老爷的体力劳动之外，还要随时随地地听候呵斥，完成一件非他莫属的“政治任务”，那就是接受批判（其实是厉声训斥），当活靶子。在这些全部“左派”的革命群众之中，一个孤立的、可怜的“玳瑁”过的是什么日子！然而，就在这样让人透不过气来的重压之下，每天夜晚，其他人都下班回家以后，王智量还是抓紧时间，在灯光下悄悄约会他的奥涅金。与在农村不同的是，现在有灯光了，有纸张了。真是痴心不改，本性难移啊！

好景不长，想不到坏景也不长——还有更难熬的炼狱等着他去接受“烤验”。一九六〇年五月初，被称作“三年自然灾害”的灾害已经席卷全国，上级紧急动员干部下乡支援春耕。那位编辑室主任当然十分英明地把他们的唯一名额“照顾”给了王智量。朝发夕至，他立刻来到甘肃省定西县重灾区。那是一座光秃秃的山村，老百姓剥树皮，嚼野菜，奄奄一息，饿殍载道。可怕的景象令他震撼，令他痛心。许多年以后，他写出了他的第一部长篇小说《饥饿的山村》，就是取材于此时此地他的所见所闻。王智量瘦弱的身躯，吃的是野菜和树皮，背着绳索代替牛马在田地里拉犁。这样的“支援”，如何能支撑得长久？只干了一个多月，他筋疲力尽，终于病倒了。他的风湿性关节炎、肝硬化复发，不能下地，却被认为“故意装病，破坏生产，抗拒改造”。他被拉到一个小镇去开了批斗会。小镇叫“牛庄镇”，恐怕饥荒的年代难以找到一头牛了，他这“头”拉犁的“牛”正好作为牺牲。除了“装病”以外，还有一个罪名是“用小恩小惠收买落后群众”，“破坏党的威信”，“用心恶毒”。事例是他曾见到一户农民，家中五口人盖着一条被子，不能起床，因为他们五人只有一条裤子，得轮流穿，而且没有钱买食盐，都全身浮肿。王智量于心不忍，送给他们几角钱的硬币，却被人发现了。

他受到批判的另外一个罪名，仍旧是他偷偷地，又是胆大妄为地翻译他的奥涅金！在这样的生死之地，已经到了朝不保夕的时刻，王智量具有多么倔强的性格，多么大的韧劲，多么坚硬的花岗岩脑袋，多么痴迷的为文艺献身的精神！

他没有停笔，只能说活该受到批判。他病态怏怏，左腿已经发炎不能挪动了。批判会之后，他被押送回兰州原单位。他被人押着，活像一头病牛，扔在出版社的地板上。革命群众十多人围上来，看到他的惨状，各人凭着自己的良心和良知发表看法。有同情的，有沉默不语的，更有那个铁杆左派室主任振臂怒吼：这个坏人又犯错误，从批判会押送回来，我们也要开个批判会。“拖出去斗他！这种坏蛋，拉出去枪毙都有充分的理由，死一个少一个！”

人们常常说“人命关天”，可是此时一个右派的生命算什么！眼看他又要活不成了，却又一次绝处逢生。出版社的总编黄同志发话说：“这是什么话！就是判死刑的人，没有枪毙之前，有病也要给治的！”各级领导当然都是共产党员，然而说话的分量一般要看级别高低。幸亏那个极左的没有人性的主任比总编官小一级，幸亏总编是个正直、真正讲原则的人，王智量遇到“贵人”了，他得救了。他被送往医院，救治了两个月。

这位总编是从北京某出版社由于某种原因“明升暗降”到兰州来的，与王智量在北京时有过一次约稿的交往，但未曾谋面。北京那家出版社曾经与王智量签约，请他翻译一本美学方面的书。原文是法文，王智量从英文和俄文转译了几万字。后来听说一位法语教授打算译这本书，王智量主动向出版社提出把约稿关系转让给这位教授，并且把已译的文稿也无条件奉送。黄总编因此对他遇到的“故人”早就有了良好和深刻的印象，感觉到他不是“坏人”。善有善报。一颗无意中落下的种子，会在意想不到的时间、意想不到的地方破土，发芽。

王智量在医院里躺了两个月，才能一瘸一拐地慢慢行走。令他心惊胆战的那位“左”主任的魔影忽然出现在他眼前，告诉他现在因为“自然灾害”国家需要精简干部，让一些人自谋出路，以减轻国家负担。出版社精简五人，已决定安排王智量到甘肃西边少数民族地区落户，继续改造，以后永远做那里的人。

又是一个晴天霹雳。命运一直在捉弄他，叫他永远不得安宁。人间茫茫苦海，恶浪一阵阵打来，使他越陷越深，越飘越远。他躺在病床上，目瞪口呆，头脑麻木，形同活尸。除了服从，任人摆布，还能怎么办呢？

这时，又一位“贵人”来了。那是出版社的美术编辑小李，很年轻，很单纯，很热情，很善良，给他指出索性辞去公职，投靠在上海的父母和兄嫂。小李说：“中央关于右派分子的处理决定中有一条：可以脱离公职，自谋生活。这条路怎么也比让他们把你送上死路强呀！”

王智量心中“豁然开朗”，照此想法写了信给领导。想不到又碰在“左”主任枪口上，立即带上两个亲信来到医院，强行带他出院，回到出版社，立刻组织一场批斗会。右派分子王智量抗拒组织安排，这不是“反”了吗？

王智量觉得这是生死关头，他豁了出去，大着胆子，直接去甘肃省委找宣传部部长。出来接见他的是一位五十多岁的女处长，对他却是优礼有加，耐心倾听他的诉求，最后竟然提出请他留下来在这省一级的单位里工作。但是王智量已经是伤透了心，铁定了心非要去上海不可。他们终于同意了，打电话给出版社。出版社“下级服从上级”，只得遵办。王智量拿到的“离职费”只够购买火车票和托运部分行李，不得已在路边把一些与他共患难的书卖了，其中一部三十册的俄文高尔基全集只卖了三元钱。总算有了盘缠钱。还得要一张“离职证明书”呀。人事部门竟然在文字上暗算和刁难，写着：“王智量，系右派分子，本人坚决要求脱离革命，我们同意他去上海治病，病好后由当地政府押送原籍继续改造。”好恶毒的刀笔！非要把他逼到死路不可！王智量控制不了压抑多年的满腔怒火，猛拍桌子，吼道："他妈的，老子不走了！你这是不叫我活嘛！"人事科科员倒是吓了一跳，又气得双手发抖，骂道："你反了，反了，你个反革命分子要造反了！"他拿起电话，叫保卫科来人抓捕这个"现行犯"。王智量觉得后果严重，后悔已经来不及，正在这个关键时刻，命运又要来猛击一掌吗？幸亏贵人黄总编辑闻声及时赶到，又救了他于千钧一发之际。黄总编作了妥善处理，把离职证明书上后面的文字，改为："病好后由当地政府安排途径，继续改造。"

王智量在火车硬座下面十分低矮局促的空间里，穿着父亲给他的破皮袄，蜷曲着身子，心甘情愿地"享受"这样的"卧铺"，三天三夜，来到了上海。他这样"旅游"倒不是为了躲避抓捕，而是自己在危难之中，还关心一对母子（刚满月的婴儿），把座位让给了他们。这只能说是一个右派分子的"雷锋精神"吧。

王智量的父母是在抗战初起时由南京逃难到上海的，住在一间十几个平方米的屋子里，王智量的儿子王为一岁时就由他们抚养，这时已经四岁多了。王为的姐姐王可是判给住在北京的妈妈的，六岁时也来上海由他带领。一九五八年王智量被赶到农村改造，到一九六〇年终于在上海和父母子女辛酸凄楚地团聚在一起。他们泪流满面，悲喜交集，真是恍同隔世，如在梦中。

一个满心疮痍、病魔缠身的人来到上海大城市，终于“捡回了一条命”了，可是“九九八十一难”，磨难并没有完事大吉。户口呢？工作呢？治病呢？更重要的是那顶看不见的帽子呢？

总算老天有眼，逢凶化吉，王智量又得到一位贵人的救助。他乃是他们住处的户籍警，一位三十多岁，外貌温文尔雅的陈文俊同志。户籍警是最底层的“小官”，然而像王智量这样的“分子”的命运，却有可能掌握在这个“小官”的手里。如果他像上述那个室主任一样是个唯恐别人不痛苦的克星，那就惨了。值得庆幸的是天下还是好人多，陈同志细心、周到，甚至体贴地过问王智量经历的一切。先是设法解决了他的户口问题，即让他能够入籍上海，有了“粮油关系”，有了每个月二十六斤粮票，保证生存的基本条件。

再是竟然为他解决了那顶紧箍咒一样的帽子。一九六一年，正值“三年自然灾害”期间，国家力求社会稳定，亟需调整各方面的关系，又一次下达给“改造好了的右派分子”摘帽的指示。阳光普照，也照到基层里弄里来了。陈文俊同志不辞辛劳，奔走在各居民小组之间，调查、征询各方面的意见，得到大家表决通过，摘掉了王智量头上的那顶十分沉重的看不见的东西，让他“回到人民群众的队伍中来”。王智量主观上的努力当然起了决定性的作用，但是陈同志的关心也是必不可少的。陈同志主持的摘帽会上，列举王智量的种种表现，说明他是努力改造，诚心悔改，应予摘帽。王智量表现良好的一例，是在农村劳动和在上海治病的时候，尽管失去正式工作，还念念不忘社会主义的文化事业，坚持不懈地翻译俄国文学作品《叶甫盖尼·奥涅金》。

想当年，败也《奥涅金》；看今朝，成也《奥涅金》！普希金如果天上有知，他能了解自己的作品如此折腾一个中国知识分子吗？

王智量一九六〇年年底来到上海时，随身携带的行李是几个袋子的书本和一只破旧的手提包。手提包里装满他的宝贝，那便是几个小本本和各种各样的香烟盒、粗劣而不规则的纸片。上面密密麻麻地写着他多年来苦心翻译的《奥涅金》。直到此时，这项大工程虽然初稿完成了，他仍然不满意，不放心。羸弱的身躯躺卧到床上，他立刻又开始整理、修改和抄写那一行行诗句。“虽九死其犹未悔”，“无恒产而有恒心者，惟士为能”。这样坚韧不拔的毅力，或者说“傻劲”，世上能有几人？

他买不起稿纸，用一种似卫生纸一样粗糙的黄色的稻草纸抄写他这么多年的浸着泪水和心血的译作，父母和孩子也帮着抄，抄了两份。一份寄给老领导何其芳，向他汇报终于没有辱没他的信任，完成了这项工作。另一份则寄给北京的人民文学出版社。此时，政策虽然稍有宽松，以此书的内容，以译者的身份，显然还不是适当的时机，要想出版，要想换点稿费，还只能叹“蜀道之难”啊。

要吃饭，要养病，却一贫如洗。同为“右派”，这时也同为“摘帽右派”的余振（李毓珍）教授患难见君子，把一套藏书《四部备要》卖了几百元，助他解决燃眉之急。余振原为北大资深俄语教授，戴帽后，调来上海做《辞海》这大部头工具书的一个编辑。他和王智量本是知交，亦师亦友，在上海不期异地重逢，能有这样的侠义心肠很令人感动。余振教授对于王智量《奥涅金》的翻译也给予无私的帮助和鼓励。

一个五口之家的无业游民，如何在大上海生存立足，是个大问题。街道办事处按照政策，用其所长，发给王智量一张派工单，让他在一家中学做代课老师，每月拿三十元。他另外又给上海科技情报所翻译资料，每千字二元，一家人勉强可以糊口。如果这些工作比较稳定倒也罢了，然而一直没有“转正”，即没有被接纳为单位里革命队伍中的一员。这终非长久之计。

想不到一九六六年，震惊世界、史无前例的“文化大革命”山崩地裂雷鸣海啸般地来了。学校停课，单位停业，王智量的饭碗敲碎了，回到里弄，按照“摘帽右派”的待遇去扫弄堂，烧砖头，挖备战的防空洞，当然都是“义务”；还要被拉去批斗，做反面教员，当然没有“酬劳”。连续五年，他们吃的都是喂鸡碎米，年近八十的老母从菜场捡拾菜皮回来做小菜。房租每个月十四元九角，怎么办？卖去身上的毛衣，脚上的皮鞋。混不过去，再变卖母亲的皮衣。再就是把床卖了，全家睡地铺。总不能再卖儿卖女吧？走到绝路的时候，一位因故被大学开除的章老师，冒着可能被定为反革命教唆犯的危险，告诉他一个“办法”：拖欠房租。说有很多人家在拖欠呢。王智量便真的照办了，而且欠了七年，共计一千二百多元，直到一九七七年，“文革”结束，他重新找到工作，才又按月交租。巧的是国家这时有文件下达，“文革”时期所欠房租，一律免交。

从一九六二年到一九七七年这十五年间，王智量在上海漂泊的经历真是一言难尽，“罄竹难书”。“文革”前，他还能做代课老师，搞科技翻译。“文革”期间，他这样的“黑六类”除了担任“反面教员”以外，几乎没有生路了。经一位邻居指引，他到黄浦江码头边扛木头。单纯的力气活，临时工，还能允许他干，挣点工资。扛木头过跳板时他差一点跌入江中。受了伤，干不了了，然后他在一家漂染厂做夜班高温工，每天一元四角，干了三个月。漂染厂正在“文革”“清理阶级队伍”阶段，一个工程师自杀身亡，需要王智量代替做“活靶子”。好心的赵师傅劝他赶快离开，否则性命难保。于是他来到一家印铁制罐的小工厂做小工。

依然酷热的一九六七年夏末，他来到设在逼仄狭小的弄堂里的那家印铁制罐厂，在小刘师傅手下当了临时搬运工。他和其他几个临时工得为六部印制机供料，即准备好那些从日本进口的镀锌薄钢板，钢板上印出色彩和图案以后，需要一块块装车，运送到五十米开外一个房间一样大的烘箱里，再一块块码放整齐。等到烘干以后，再一块块装车送回原地，印制另一套色彩和图案。如此往返多次。每一百块钢板装上一个四轮小推车，一车重量达二百多公斤，一个半饥不饱骨瘦如柴的王智量体重只有几十公斤吧，为了家人和自己活命只能拼命，只能卖命啊！高温天气里他推得大汗淋漓，送到更高温度的烘箱，他变成了一个“雨人”。因为是苦力活，工资稍多一点，每天一元八角，还有一份糖水橘子的点心供应。为了孝敬卧床不起的老父，他把点心悄悄装入小瓶中带回家。令人感动！想不到天地不仁，连这样一口苦饭都要被剥夺掉。他只干了半个月，又一次晴天霹雳，大祸临头。在把一块块钢板放进烘箱的时候，叠到高处没有叠稳，整个一架子的钢板滑落下来。在工人们一片惊呼声中，小刘师傅及时奋勇相救，王智量没有被钢板砸倒，逃过了致命的一劫。然而工厂副主任不肯放过他，说他破坏生产，是“摘帽右派”的“反革命”罪行。然而工厂没有立刻开除他，因为正好利用他这个送上门来的活“牺牲”大造声势，以便把他们工厂里的运动搞得轰轰烈烈。革命不是请客吃饭啊，怎么可以冷冷清清？过了几天，头戴藤帽，手持梭镖，臂缠“造反队”红布的“革命群众”把王智量一巴掌打翻在地，再把他五花大绑牢牢捆住，押上大卡车，开上大马路，开展“游街示众”的“革命行动”。这是“文革”时期盛行的特有景观：一路围观的群众、高音喇叭、“打倒×××”的狂吼乱叫、大幅标语写上×××的罪行等，王智量都亲身体验到了。他站在卡车上示众的时候，心中暗忖自己最后的时刻到了，正在被他们押赴刑场的路上了。从无助到绝望，他倒也心死了，坦然了。生不如死，奈何以死惧之！最最放心不下的是白发苍苍的父母，和一双嗷嗷待哺的子女。老的老，小的小，他们以后怎么办呢？他不禁潸然泪下。

“文化大革命”中，把人斗死、逼死的事件并不少见，可以说太多，太骇人听闻。有一种说法叫作：好人打死好人，误会；好人打死坏人，活该。王智量的想法不是没有道理的。不过这一次万幸，不是执行死刑的“革命行动”，大卡车把他押送到这家印铁制罐厂的总厂。总厂为之停工一天，开了声势浩大的批斗大会。他们不需要他死，他们知道，要轰轰烈烈地搞运动，坏蛋倒是个宝。他也没有什么能够引起“民愤”的事实可以交代。于是，在狠狠地批斗了这个阶级敌人以后，他们决定放他回家，但是每天要来厂写交代。作为一个“老运动员”、大知识分子，给厂里的造反派师傅们写交代，就像“治大国烹小鲜”一样容易：小菜一碟。他写了半个多月。最后只得不了了之，把他发还街道监管。

以后的日子是怎么过来的呢？扫地，斯文扫地，能不被扫地出门就算好。还有向毛主席像请罪，接受群众批判教育。抄家也是逃不了的“必修课”。家中一贫如洗了，还剩一些字画、邮票、外文书，不得不自己撕了，烧了。王智量急中生智，动手把一个书橱用纸封起来，纸上写着：“墙上芦苇，头重脚轻根底浅；山间竹笋，嘴尖皮厚腹中空。”半夜来抄家的造反派见到这副对联，不禁大怒，说他在发泄仇恨。王智量不慌不忙取出《毛泽东选集》第三卷，翻到《改造我们的学习》，念出“最高指示”，证明这副对联是伟大领袖吩咐知识分子抄下来贴在墙上的。造反派哑口无言，王智量智退半夜抄家，竟然像是《三国演义》中的故事了。书橱中还剩下普希金作品原文，以及花费多年心血译出的《奥涅金》的草稿，总算保存下来。

疯狂的年代，倒也像疯狂的浪涛那样，有汹涌澎湃、翻天覆地的时候，也有稍稍平静一点的时候。一九七一年九月十三日林彪叛逃域外，九人坠机身亡的惊人事件以后，老百姓之间群众斗群众似乎平息了一些。一九七六年九月九日，“亲自发动，亲自领导”这场“文化大革命”的伟大领袖病逝；一九七六年十月六日，“四人帮”被捕，震荡全国的风浪，逐渐恢复了常态。老百姓可以松一口气了。

王智量先生不再是被监督劳动的批斗对象了，街道承认“摘帽右派”应该有工作，也认识到这样的外文人才不可多得，便安排他到《英汉大词典》编辑部编写词条，不过仍然是“临时工”待遇，每月工资五十元。

《英汉大词典》是一九七五年国家词典编写出版规划中规模最大的英汉词典，从上海近十所大专院校抽调教授、学者编写。先后参加者有百余人。从开始到完成并出版历经十数年艰辛劳动。王智量先生在大词典编辑部工作的时间不到两年。

一九七七年，邓小平同志复出。七月，中共十届三中全会举行。在进一步落实知识分子政策、恢复高考、恢复大中小学正常秩序的大好形势下，国家有了转机，人民有了生机。华东师范大学要重新整顿，校长刘佛年求才若渴，辗转找到王智量先生，聘请他去任教。从“无业游民”到大学教师，真是一步登天了。他辞去了编英汉词典的工作，于一九七七年十月正式到华东师大上任，薪水每月六十五元五角。一九七八年，中央下达文件，给“反右”运动中全国错划的百分之九十九的“右派分子”予以“改正”。已经摘帽的也在改正之列，这是进一步明确这一段长达二十多年的“反右”历史终于结束，被错划的人们在精神上和物质上与一般人没有区别了。王智量成了受人尊敬的教授，薪水恢复到“反右”前的九十五元五角。由于他具有深厚的外文和学术功底，虽然中断这么多年也未被磨损；由于他具有热情、诚恳、负责、勤劳的品性，虽然经历这么多苦难也未被摧毁，他在大学里受到学生爱戴和钦佩是理所当然的。他年过半百走上讲台，培养出的才俊学子如今已成百上千，不少已成栋梁之材。学子们为这位师长八十岁祝寿写出一篇篇文章，收集在《一个不老的老人》这本书中，可以看出他们对他的感情是如何深厚，对他在教育和引导方面的付出是如何感激。王教授重新焕发了青春活力，他因而是不老的。

那位与他同呼吸共患难的叶甫盖尼·奥涅金也终于“出头露面”了。上文说到王教授曾于一九六一年将抄写的两本译稿分别寄给何其芳和人民文学出版社。何其芳已于一九七七年逝世，寄去的译稿下落不明了。寄出版社的那份，在“文革”的大混乱中，也“失踪”了。王智量非常失望，有如痛失亲人。他在《英汉大词典》编辑部上班的时候，几乎是哭着告诉了同事姚奔先生。姚奔是一位诗人，也是一位热心快肠、急公好义之士。他的朋友赵先生正在北京的人民文学出版社做编辑，姚奔写信托他寻找，竟然在人文社汽车库里的乱书乱稿纸堆中找到了这位蓬头垢面的“奥涅金”。真是喜从天降啊，这么多年的难友重新回到王智量的怀抱里了啊！这时已是一九八一年，他又花了一年左右的时间在译稿上再作修饰。前前后后重译、重抄不下十遍，从开译到定稿整整三十年，王智量对叶甫盖尼·奥涅金，对它的创造者普希金鞠躬尽瘁，披肝沥胆，呕心沥血，真是史无前例了。这部辉煌译著终于在一九八二年由人民文学出版社出版！

一九九九年，普希金诞辰两百周年纪念，因这部长诗和普希金小说《上尉的女儿》的翻译，以及他在教学和研究俄国文学方面的卓越贡献，俄罗斯政府文化部通过驻华大使罗高寿向王智量教授颁发了普希金纪念章和感谢状。

闭目想象，这一幕宛如影片中的镜头：一位历尽千辛万苦的白发苍苍的主人公，终于战胜种种困难，攀上高峰，对着阳光露出微笑，而双目中热泪盈盈。

王智量教授译出的名著远不止普希金（的长诗和小说）两种。略举几本，就让人羡慕了。比如《前夜》、《屠格涅夫散文诗集》、《贵族之家》、《安娜·卡列尼娜》等。另外从英文翻译的则有康拉德的中篇小说《黑暗的心》，狄更斯八十万字的长篇小说《我们共同的朋友》。后一种正好是我在译文出版社从资料室调回编辑室时，接到领导交下的任务，担任此书的责任编辑。二〇〇九年，王智量教授出版了《论 19 世纪俄罗斯文学》，这是他多年来教学和研究俄国文学在评论方面的重要成果。

他创作的小说《饥饿的山村》引起海内外广大读者的注意，评论文章频频出现。他精益求精，又作了修改，闻将不久出版修订本。他曾不耻下问，寄给我一份样稿征求意见。我拜读并在稿旁写了点意见，然后转给一家出版社，不料此稿却丢失了。我很愧疚。他却不予责备，说电脑中另有存储。

他在书法和中国画方面也有造诣。如果他专注于此，我想他会成为书画大家的。不过，画笔、译笔和创作笔都需要耗费一个人的大量时间和精力。鱼与熊掌可兼得吗？对于多才多艺之士，这是一个令其困惑的问题吧。

为王智量高兴和庆幸的是他终于享受到安定和愉快的晚年生活。他重组了家庭，夫人是华东师大心理实验室主任吴妹娟女士。他们住在学校教师楼里，二居室加一小间，书天书地，十分拥挤，学生、学者、文友们经常前去拜访。王教授教书育人写稿画画，整天兴致勃勃地忙碌着，还不时到外校或外国讲学。他加入了中国共产党和民主同盟，在政治方面也活动频繁。一九五一年，他还是北大学生的时候，写过入党申请书，直到一九九九年，他已是大学教授，组织上终于批准他入党。

从王智量教授的身上，人们看到了一批当代知识分子生命轨迹的缩影。当然，这是说某一部分有才华、有文化底蕴、有胆有识而又屡遭命运捉弄的知识分子。他是不幸的，然而最后幸运之神眷顾了他。全国四百六十多万个“玳瑁族”能够像他那样在夕阳彩虹中回忆有苦有乐往事的，恐怕不多了吧。

翻阅牛汉和邓九平主编的《原上草》《六月雪》《荆棘路》，胡平的《禅机：1957，苦难的祭坛》，杨显惠的《告别夹边沟》，张强华的《炼狱人生》以及章诒和等人的著作，令人心潮起伏，唏嘘叹息。令人困惑不解的是，中国大地上刮起的阵阵风暴是“历史的必然”吗？风暴带走了许多精英才俊，时间又灭绝了许多耄耋苍生。“玳瑁”还剩下几多？数百万还能剩下多少万吗？五十年过去，一息尚存的至少都已七老八十，成了稀有动物了。趁手脑还听使唤，精力尚能支撑，应该像王智量教授那样，抓紧尚余的“时间的尾巴”，做一些有益于别人的事情。还应该像王智量教授那样，写出我们亲身的经历，让后人从中吸取经验教训，不要让类似的历史重演，也让后人从这些真实的故事中认识到在任何时候都要做一个正直、真诚、坦白、热情、勇敢的人。

前排自左至右：张惠红、冯春、吴钧陶、王智量、黄杲炘、张秋红

后排自左至右：屠岸、黄显功、袁莉、赵芸、黄昱宁、龚容、黄福海、韦泱

“甜姐儿”黄宗英

友人来访，闲谈中知晓病中的黄宗英女士，如今八十六岁高龄，已记不起她少女时演过的喜剧《甜姐儿》编剧是谁了。我想起自己的藏书中，有孔令境先生主编的“剧本丛刊”。该丛刊共收剧本五十多种，我没有收齐，但有其中的若干种。从书橱中翻找，果然找出那本《甜姐儿》，通过友人带给黄宗英女士。不几天，此书却又回到我的桌上，不过扉页上已题写了“我演过‘甜姐儿’黄宗英”，笔力劲健，下面还盖了一个大红印章。

此剧是魏于潜根据法国 Paul Gavault（保罗·加沃尔）的 La Petite Chocolatière 改编的四幕喜剧。关于原著者，我请教了复旦大学袁莉教授，得知加沃尔（一八六七—一九五一）是法国剧作家，戏剧作品共有十二部。他的职业原是律师，后来当了剧院经理。《甜姐儿》剧本我国在一九三四年由商务印书馆出版过译本，书名是《卖糖小女》，编译者为嘉禾。按照原文，书名似可译作《巧克力姑娘》。当然，译作《甜姐儿》，味道更好。编著者魏于潜系吴琛笔名，剧作家，一级导演，生于一九一二年，早年从事左翼戏剧活动。除《甜姐儿》外，还创作了《寒夜曲》《钗头凤》等剧作，导演了《十字街头》《李秀成之死》等话剧。后进入越剧界，任上海越剧院副院长，一九八八年病逝。

这本《甜姐儿》旧书，纸张已经发黄，乃民国三十四年(一九四五年）由世界书局出版。扉页上，我曾用铅笔写了“购于1955年5月24日，价0.20元”。如今竟然得到黄宗英的亲笔题字，真令我喜出望外!

回想七十多年前，“孤岛”时期的上海正处在日寇和汪伪统治之下，老百姓的物质生活和精神生活极度匮乏，而且终日提心吊胆，不知何日会横祸临头。令人欣慰的是，话剧演出蓬勃发展。兰心、金都等戏院，苦干剧团、上海剧艺社等，几乎日日上演话剧。名导演、名演员等成为许多市民的偶像。孔令境先生主编的五十多种话剧本子大概都曾被搬上舞台演出过。苦闷的老百姓能够在观戏的过程中，得到欢娱，忘却当时黑暗的现实，大概因此促使了话剧的繁荣。

黄宗英在《甜姐儿》剧中扮演天真烂漫的孙小玉小姐，大获成功，以致大家都以“甜姐儿”称呼她。我猜想，她手捧我这本旧书，一定会勾起种种甜蜜的回忆，也不可避免会心生感慨：时光如流水，“逝者如斯夫，不舍昼夜”！七十多年来，多少人世沧桑，风云变幻，她自身也从一位活泼灵秀的少女变成疾病缠身的老人。

但是，很可能我猜错了。黄宗英女士有着顽强的生命力，有着不屈不挠的战斗毅力和勇气。这只要看她数十年来探险和写作等等超凡的业绩，便可以得到证明。直到现在，经常拜读到“夜光杯”上她的专栏“百衲衣”中一篇篇动人的文章，便能知道，她是性情中人，不只是一位沉浸在感时伤逝的情绪中的女士。这是我十分敬佩的性格。在此致敬！

也许黄宗英女士还记得，十多年前，我在“夜光杯”上发表了《丝将尽，泪欲干》一文，为孙大雨文稿的出版呼吁。几天后，就见到她写的一篇文章，说含泪读了拙文云云。大概我们有“文缘”吧。我也已八十开外，现属于轮椅族，不便前去拜访我从未谋面的这位也是轮椅族的“甜姐儿”了。于是，我仍然请友人把这本《甜姐儿》送上，请她珍藏，这比留在我这儿有意义得多。

拙文写罢，意犹未尽，不禁口占一绝，算是“蛇足”吧：“当年遥想姐儿甜，人老书黄更值钱。百战英髦倚轮椅，寻思苦乐展笑颜。”

丝将尽，泪欲干

——为孙大雨书稿呼吁

李商隐名句“春蚕到死丝方尽，蜡炬成灰泪始干”，常常用来形容文教工作者鞠躬尽瘁、呕心沥血的情景，我觉得，用来说明孙大雨教授的晚年生活也是恰当的。

孙大雨教授生于一九〇五年，后年是他的九秩之庆了。他一九二五年毕业于清华学校高等科，一九二六年留美，一九三〇年耶鲁大学研究生毕业后回国。以后的半个世纪里接连任教于武汉大学、北京师范大学、青岛大学、浙江大学、暨南大学、复旦大学。最后从华东师范大学退休。教书育人是他毕生事业，可说一辈子像春蚕那样吐丝，一辈子像蜡炬那样燃烧。莘莘学子受惠于他的是数不胜数的。

一九五八年，他被错划为“右派”之后，从教坛和文坛上消失了二十六年之久。幸好一九八四年得以平反，真是枯木逢春，老树开花。可是岁月不饶人，他这时已经“年方八十”了。身体受损，耳朵失聪，夕阳无限，黄昏已临，自然不能再执教鞭。但是一位有执着的事业心的人，只要一息尚存，是决不甘心于一日三餐，颐养天年就算了的。他以“文化大革命”劫后之身局处于黄浦区昼锦路上的一个小房间里，重新拿起笔来，伸展稿纸，开始他白天睡觉，夜晚通宵达旦的“爬格子”工作。他很少休息，没有娱乐。也许从工作中所能得到的乐趣便是他的娱乐。一九八五年，落实政策，他搬到吴兴路一幢高层建筑里，三室一厅，环境大为改善，他孜孜矻矻，愈益勤奋。一九八八年，他的老伴不幸去世，这对他的打击是沉重的。所幸生活起居有小辈照顾，他悲痛之余，仍然在一个个孤灯只影的夜晚笔耕不辍。十年来，三千多个这样的夜晚，他在小方格里填入了上百万个方块字。以他的年龄来说，没有坚韧不拔的意志，没有持之以恒的毅力，是办不到的。他用诗体翻译和修订了八部莎士比亚的诗剧，附有详尽的集注，都是一丝不苟的精心之作。这些译作已于五年前交给上海译文出版社。多年来，由于订数不足，迄今只出版了《罕秣莱德》和《黎琊王》两种。听说孙大雨教授曾为此感到焦虑，《人民日报·海外版》和香港《大公报》上都刊登了专访文章。我在此也代他向新华书店各位征订图书的同志和广大读者呼吁一下，希望对这些译作给予应有的注意，使他能在他的有生之日、最好是他的九十岁生日之前，看到自己辛勤劳动的成果奉献给社会。

我要呼吁的还不止此。这些年来，孙大雨教授还完成了不少汉译英的诗作。他译出了全部《离骚》，写有长序和详注，全稿达四百多页。另外还有一百几十首古诗英译，包括乐府和唐诗宋词。这些翻译全部用英诗格律，功力深厚，也是他毕生致力于中外文学，心无旁骛，方能作出的卓越的奉献。我是最近在为一部国画册编汉英对照诗稿的时候，得到孙教授的手稿的。见到那样密密麻麻的小字，那样苦心推敲的印迹，我十分钦佩和感动。

孙大雨教授古诗英译的成果，其价值如果不能说胜过他翻译的莎剧，至少是不相上下的。对于由我们中国人自己介绍祖国优秀的古文化，其意义是不可低估的。对于从事文学翻译和外语研究的人们来说，其作用也是不言自明。当然，还有其本身不可多得的文学欣赏价值。因此，我觉得应该为这位老人可能是最后的奉献争取一个出版的机会。

我相信，一定会有哪位出版家，或者哪位热心于出版事业的人士，愿意为此投资。其实投资的金额并不是很大，只不过精品大厦里几支唇膏的代价吧。我想决不至于相当一辆“奥迪”轿车的价钱，也没有生辰“八”字那么讨人喜欢的一个牌照号码或电话号码的拍卖价那么高。

我不是孙大雨教授的亲属，也不是他的学生。我只见过他一面。我为他呼吁，是因为我觉得这样一位老学者的学术产品，该是国家的文化财富，那些呕心沥血的文字应该传诸久远，而不该像垃圾一样湮没于废纸堆中。

这位老教授脑力已经日渐衰退，不能再从事写作。说话、行动都已困难，前尘往事和前景未来对于他都已是朦朦胧胧、模模糊糊、恍恍惚惚的了。丝将尽，泪欲干，可能他在这个世界上工作已经做完，战斗已经结束。他已经没有恩怨，无所欲求了，而我却觉得这个世界应该留下他的雪泥鸿爪。

孙大雨

答诗人唐湜先生

唐湜先生：

去年除夕尊函及大作《老诗人的处女作》已经收到，十分感谢！邮件寄到译文出版社，但我已于一九八八年退休，舍间虽然离出版社很近，但我不大去，因而晚收到一些时候。

大作已拜读几遍，并且请同事看了，都认为您是老诗人，功力毕竟不凡，能够提纲挈领地概括我这本小书，也就是我本人的总的“创作倾向”。

我爱好文艺，跟许多诗人一样，青少年时代便感到诗和音乐在心中涌动。我初中读书时便被病魔击倒了，长期卧床。这倒是给我创造了一个冥冥苦想、胡乱涂鸦的好机会。那时很孤独；没有外界的“污染”，因而人也很单纯。写诗，这是很好的条件。拙作《剪影》中的诗有一些就是在那时写的。大约二十八岁开始步入社会，很快便被戴上右派“桂冠”。晴天霹雳，五雷轰顶，什么都完了。以后是漫长的“脱胎换骨”的道路，改造都来不及，怎能写“新月式”的诗呢？

我当时被划为第六类右派，是处罚最轻的，一直放在原单位改造，没有送到外地去过，这时我身体情况较好。可是载入“另册”以后，精神上的压力，想必您也清楚。自己还要积极努力工作和做些力所能及的劳动活儿，以便创造条件，早日摘帽。这样终于体力不支，一九五八年全血尿，切除一个肾脏，是骨结核病原引起的肾结核吧。我一直活到今天，很不容易了。

从“反右”到“文化大革命”，“弹指一挥间”，可是生命中最好的阶段就这样完了。“文革”中我也进过牛棚，进过五七干校，去过工厂战高温。

“新月式”的诗在漫长的时日里当然完全不写了。但结合“改造”，在很难得的机会里，曾经为黑板报写些快报式的诗，也写过赞颂大好形势、“红太阳”、干校和工厂中劳动的诗。这些诗敝帚自珍，不会发表的。待到改革开放时当然也不会收入什么“集子”。

我唠唠叨叨写了这些，是想让您知道我写诗的客观背景。我的“作品”如此少，这么长的时间都没有跨上“诗坛”的阶梯，从这些情况中，您可以略知一二了。

当然“四人帮”垮台以后也有十年时间，新崛起的诗人如雨后春笋，而我依然故我，这是什么原因呢？我自己反思一下，主要原因是没有时间，这十年来，甚至更早，在“文化大革命”后期，我得以重新执笔，几乎没有一天空闲下来。我像守财奴一样尽可能把时间都省出来。极难得去电影院、公园，连理发都在家中由内人“操刀”。时间不饶人呀。时间主要当然花在每天八小时的公务工作，包括工厂中劳动、资料室管图书、编辑室中审校书稿。剩下来的时间，只要眼睛睁得开，脑中还不太昏昏然，都花在翻译上了。

“文化大革命”后期，我从农村五七干校被调到市郊燎原（现改回原名“天原”）化工厂“战高温”。每天回家，和原单位已经藕断丝连，这时倒有些业余时间，我便翻译鲁迅诗为英文，共四十多首吧，花了大约两年时间吧。这是为了不致浪费光阴，也为在翻译中提高自己的英文水平。接下来便译杜甫的诗。杜甫的诗我一直坚持译了十年。

一九八一年，拙译鲁迅诗在上海出版，《杜甫诗新译》在香港出版。出版这两本是我当初遥远的梦想，竟然都实现了。后来，在陕西出版了《杜甫诗英译一百五十首》；前年在香港又合译出版了《唐诗三百首新译》。此书大约一年前又由北京对外翻译出版公司出版了国内平装本。

除这些以外，还出版过《圣诞故事集》等英译汉的小说、诗歌等。

因为翻译的路被我打通了，自然乘势走下去要顺利得多。这样，我没有精力去敲诗坛的门了。

一次，我托同事诗人姚奔（他在我们译文出版社的英汉词典组工作）替我转《记得》和《骆驼》两首旧作新写的诗给《诗刊》，居然被采用了，并且受到《诗刊》一位编辑李小雨的欣赏。我便断断续续寄些诗去，但是退回的多，采用的少。有些是新写，有些是旧作。我只顾自己写心中所感，很少注意诗坛动向，从不赶时髦，甚至很少看别人的新诗。这也和没有时间有关。我知道朦胧诗引起热潮，却是很晚的事，至今也没有看过多少那一流派的作品。

忘记是哪一年，《诗刊》编辑李小雨同志问我诗作可够结成集子，投去让“诗人丛刊”审阅。我便集中一段时间，把能回想起来的旧作写出来，把近年发表的收集起来，再赶写一些心中早有所感，却一直没有下决心去写的诗。我把诗集取名《贻笑集》寄去。后来，几经周折，总算被审查通过，收入这一丛书。丛书由花城出版社出版。编辑莫少云删去大约十来首诗，并改书名为《剪影》。当时书名已经影响销路好坏了，《剪影》还不够引人注意。（《诗刊》中另一位编辑曾建议书名用《春雨中的故事》。）书印了四千多册，原来说一千本由诗刊社代销，销完后给我稿费。后来花城改变办法，诗刊社代销的与我无关了，另外给我一千册作为稿费。

我曾托个体户书亭代销，但是半年多（也许一年?）他们只售去二三十本。我暂时已死了心，不想再去把它变卖为“阿堵物”了。我请《诗刊》的李小雨给我一份名单，我照单寄送给几十位诗评家和诗人。其中一位便是您。

他们差不多都给我回信了，慰勉有加，并且有许多真心表示赞赏拙作的话。我珍藏这些信，我觉得这些文字比金钱有价值得多，用金钱是买不到的。

剩下的书，我广为赠送亲友（当然同事们我早就送了）。我忽然想到，把《剪影》作为我的名片使用倒是一大发明。《吉尼斯世界纪录大全》之中还没有这样的纪录吧。如此大的“名片”，页数如此之多，不但介绍了本人的简历，还介绍了本人的心灵。今后凡是遇到文人雅士，只要对方愿意接受，我很乐于奉上这张“名片”。当然，我舍不得送光，还得留一些“敝帚”的。

您说我是新月派的后裔，我觉得自己并非如此。我受中外古典格律诗影响很多，并且喜欢这一类的诗，这是我承认的。我觉得新月派同样根植于此，因而我的“风格”和他们接近。是不是这样更近乎事实？新月派作品我过去同样读得不多，更没有深入钻研过。徐志摩诗的全编不是最近几年才出版的吗？过去要想多读一些恐怕都是很困难的吧？

我记得青少年时，对于中国诗人作品接触得较多的是文化生活出版社那套丛书中的几种，比如何其芳、陈敬容、穆旦、郑敏、杜运燮等的诗作。那套书当时比较容易得到。更早以前的诗集当时已经不易看到了。当然也设法看到一些旧书，包括胡适、郭沫若的诗集。徐志摩、戴望舒和冰心以及翻译的泰戈尔诗作我的确比较喜欢，不过看过的不多。

您的分析很正确，要是分类的话，我应该属于上述那些诗人（除胡适、郭沫若以外）的类型。然而我觉得自己并非有意要“继承”新月派。我不知道这么说是否矛盾，或者我是否无意中已经成了他们的“后裔”。

我喜欢音乐美、色彩美、建筑美，觉得这些应该体现在诗歌之中。我也喜欢诗歌的内涵要包括哲理，应该出现闪光的警句。我自己在诗歌中正是这样追求着。

我青少年时便受九死一生的疾病折磨；成年以后踏进社会

便经受长达数十年的政治风雨的考验，宇宙、人生、社会的种种问题因而一直在我的思考之中。您如果更多地了解我的生活背景，便会更多地了解我的诗作。

据我所知，徐志摩等人的生活经历是比较一帆风顺的：学校——留学——教授。我想他们没有经过我所经历的磨炼。我同时与疾病、与自己的无知、与精神上的重压作斗争，或者说尽力支撑。这些情况不可避免地会反映在诗作之中。不知道我是否可以斗胆说一句，拙作中有些地方的深沉和苦涩是他们作品中看不到的。

屠岸同志给我的信中谈到那首《墓志铭》，说他读第一遍的时候有要想哭的感觉，再读、三读之后不想哭了，却有一种入禅的味道。他说没有对宇宙、人生、世界的大彻大悟是写不出来这首诗的。我被他的说法深深感动，也因为他能如此“识破”我写诗的心情感到佩服。我把这首诗编入集中的时候，有些犹豫，这样的内容，新中国成立以来还未见过，拿出来会不会被批判呢？此诗以前从未发表过，不知以后反应如何。因此我加了一个注解，说是以前读过普希金的一首《墓志铭》，在这种影响下也写一首。大概是注解长了一些，要占下一页的版面，所以被编辑（大概是莫少云同志）删了，却加一副题为

“拟普希金”。此书没有给我看过校样，所以直到出书才知其详。

这封信我费了许多时间，此刻已夜深人静了。我不知道是否已把想说的都说了，是否不该说的也说了。反正此时我已昏昏欲睡，如果有什么不对之处，望海谅！

我很感谢您下了大功夫为我写了几千字的评论。先前谢冕、杨光治等同志写了一点，不过他们是评论丛书一套十册时带上一段评论拙作的。这样长的专论以您这篇为第一篇。作品有人评论说明它尚有存在的价值。多谢您了！

丁国成同志给我来过信，我的一篇《新诗形式问题漫谈》是经他的手发表在《诗刊》上的，今附上复印件，请正。原作为《新诗漫谈》，有五千字，谈两个内容，被他删去前面一半，发表了这后面的一半。这篇是我现在对诗歌形式问题的看法，不知尊意如何？《世界文学》最近一期发表了我另一篇文章，我寄去时题目为《外国诗影响浅谈》，是应李文俊同志之约写的。北京友人来信说看到我的文章，但我自己还未看到，也不知题目和内容删改没有。便中也请指教。

以上是十三日下午一直写到夜十一时半左右。今天十四日继续写一些便可结束此信。

尊稿第二页有一句“也是一生唯一的诗集《剪影》”，“一生”不知可否改为“迄今为止”？我希望以后再出诗集。可能是奢望，目前出版业不景气，出书真有难于上青天之慨。第十二页上提到“马福岛”，实际上指阿根廷的马尔维纳斯群岛(英国称作福克兰岛)。杜撰这个地名，为的是避免或许会有的什么“国际关系”问题的麻烦。我一位诗友对此诗“拍案叫绝”。您寄给我的这篇大作复写稿，不知可另有留底？是否要寄还给您？我很愿珍藏起来。如果您需要寄还，我将去复印一份。乞示知。

我写了信给丁国成同志，问他何时发表您的大作。同时寄去屠岸同志给我的信的有关部分的抄件，希望他们在发表大作时，也发表屠岸同志这封书简。不知他们如何决定。

大名久仰，可是我也没有能好好拜读您的诗和文章。写诗的人都有这样的苦闷：作品很难问世，更难成为“畅销书”。诗集出版以后，便如遥远的星辰隐没在夜空之中了。书肆之中看不见您的诗集，当然其他诗人的作品，也是很少很少。王辛笛先生送了我一册《九叶集》，从这本书中拜读了一些大作。“九叶派”已在新诗史上留下了不可磨灭的足迹。您的耕耘也结出了硕果累累，在此向您表示衷心的敬意！

我与陈敬容同志通过信，有几首译诗发表在她当时主编的《诗刊》专页上。她喜欢我的一些诗作，但建议我要增加一些“亮色”。我记住她的话。使人不胜惋惜的是她在不久前去世了。新中国成立后她的作品似乎很少。我得到她一本诗和文的选集。天不假年，奈何！奈何！

另外，我和袁可嘉同志通过几封信，但也未见过面。穆旦（查良铮）我后来知道，他的夫人和我有亲戚关系。我应称她为表姑。我在平明出版社工作时，穆旦同志来社，见过一面，我只留下他身材高大和蔼可亲的印象。也是英年早逝。我们国家太需要他们做贡献了。人才的悲剧应该停演了。

这里，将附上的几份复印件开个清单：

一、《新诗形式问题漫谈》。

二、诗《急诊室》《大熊猫》《英国女王访华》《冥想录之五十一》等。

三、《记得》曲谱。以上为拙作。

四、屠岸：《谈杜诗英译》。

五、周维新、周燕：《杜诗与翻译》。

六、孙宏毅：《月有圆缺　梦有得失》。另一面是China

Daily 上的一篇：Translator Defies Ordeal。

您空下来随便翻翻吧。我想这些可增加您对我的了解。您如愿意根据这些材料再写一篇文章，那太好了。不过您信上说已是古稀之年，身体欠安，当然您首先要多多保重身体，不要为这类琐事多费精力。

敬祝

阖家春节愉快！

弟钧陶　谨上

1990 年 1 月 13—14 日

唐湜

我的第一部作品《药渣》

时间真是一个奇妙的东西。据说时间是在一百四十亿年前“创世纪大爆炸”的时候开始的。无中生有的“创世纪大爆炸”从空无所有之中无中生有地产生了所有的物质、能量、空间和时间。

随着时间难以想象的漫长的进展，产生了地球、生命和人类。

时间对于我这样一个极其渺小的人来说，同样起着一种不可思议的作用。一转眼工夫，我已经在世上生活了八十年。时间把我从一个呱呱坠地的小生命变成童年、幼年、少年、青年、中年到老耄之人。这是身不由己的事，尽管我不知不觉，尽管我心有不甘，我还是变成了这样一个老态龙钟、老弱病残的模样。我并不悲伤，也不追悔。阅世已使数十年于兹，自然会很现实、很理智，以致很坚强地对待人生。人生就是从生到死的过程，而过程就是时间的“脚步”，如此而已。令我迷惑不解的是这是怎么回事，为什么会如此这般。这是无法解答的。事实就是这样，人必须现实地对待现实。

在我面前的这部文稿《药渣》，是六十年前的一个青少年写作的。骨结核病击倒了他，使他卧床六年之久。在几近绝望的时候，他忽然萌发用文学的形式，写下其身受的苦难的想法。算是在人间留下痕迹吧。他投入全身心，闭门苦思，费力地写着、改着，花了两年时间。在接近完成这个或许徒劳无功、没有价值的工作的时候，奇迹出现了，一种新发明的药物挽救了他，把他从死亡的边缘拽回到人世间。于是，这部文稿没有成为遗著，而成为他封存了六十年的习作。

六十年的时间啊，这个世界发生了多少变化！我们中国经历了多少惊天动地的事情！日本侵略军蹂躏半个神州大地，成千上万的同胞家破人亡。我们的抗战接着成为第二次世界大战的一部分。抗战胜利，接着是党领导的三年解放战争，终于成立了伟大的新中国。接着是翻天覆地的政治运动，直到现在出现的改革开放的大好局面。

这些都是时间长河里奇妙的浪潮。

这样的浪潮，或是汹涌澎湃，或是海啸滔天，一个人是多么渺小，多么微不足道。何况是一个无知无识、体弱多病的青少年和他的“作品”呢？因而，这样的东西，被时间的尘埃埋没和毁灭是理所当然，毫不足惜的。

特别是那场历时十年的毁灭文化的“文化大革命”。那时候，这个幸存的病人已经是年届四五十岁的中年人了。他被多次抄家。片纸只字都有可能成为“反革命”罪证的可怖时期，这个“敌我矛盾作人民内部矛盾处理”的“处理分子”自身难保，又怎么能保住厚厚的十多万字手稿呢？这部手稿除“正本”以外，还曾由母亲、婶母、弟弟分头抄了一部“副本”。风声很紧的时候，的确自行毁掉了一些日记、信件、译稿、英文习作稿，甚至旧时的纸钞和邮票等。最后，最舍不得撕毁、焚毁的就是这部《药渣》。风声更紧了，不得不忍痛开始一张一张撕掉“副本”（但未撕完），掩耳盗铃一般，把“正本”深藏在床底下的衣箱下的衣箱里的底层。竟然就这样糊里糊涂地躲过一劫，尘封了几十年。这恐怕也能算是奇迹吧。

上面所说的那个青少年，那个中年人，他就是我。今天在灯下边想边写的老翁，白发苍苍，老眼昏花，行动不便，体弱多病的老翁，我就是他。这不也是奇妙的时间所变幻的把戏吗？

在我年近八旬的时候，颇想在走完人生道路之前，把自己文字存货来一个“清仓”。如果有值得送人的东西，理一理，清一清，印一印，作为“留影”，作个纪念。

我首先想到的就是这部“鲜为人知”的蒙上了六十年的灰尘的《药渣》。我向多次帮助过我的朋友周莲女士谈到此事，她热心地一口答应，为我用电脑全部打印下来。这是很费时间和精力的事。她住在远郊，我舍不得交给她正本，只怕万一丢失，追悔莫及。她按照破碎凌乱、前后不相接、字迹有时难辨认的副本打印出来，真难为她了。又承蒙好友韦泱先生不厌其烦，从头到尾校对修改，再打印出一部稿本。我一生幸事就是常常在遇到困难时就有好人和贵人伸手相助。他们两位花了几个月时间为我出力，了我心愿，我怎能不深深感谢！

我自己也从头到尾仔细校改了两遍。一个八十岁的老头子校改一个十八岁少年的作文，而这个少年就是六十多年前的自己，这恐怕是一件少有的奇闻吧。

不过，我并不感到有趣；我一面校改，一面百感交集。阅读那一大叠发黄的故纸堆，像是翻看一张张发黄的旧照片。照片上那个不幸的年纪轻轻的病人被病魔折磨得死去活来。本应该是幸福的朝气蓬勃的生命，却许多年挣扎在痛苦中，脓血中，针药中。他躺卧在病榻之上，其实是在悬崖峭壁的边缘，一个翻身就可能跌落万劫不复的死亡黑洞。

他就是我。几十年来，我已经“好了伤疤忘了痛”，而为了把旧稿公之于众，我不得不仔仔细细地一遍一遍校改这部惨雾愁云的“回忆录”，真使我心惊肉跳，黯然神伤！

更使我难过的是，那许多年为我日夜操心，耗费许多精力和金钱的父母亲已先后过世了。我们兄弟姐妹共八人，我是老大。在那个乱世，虽然父亲收入不低，但是要维持一个食口众多的家，真是很不容易。还要千方百计挽救我的生命，我曾经给父母亲增添了多少困难和烦恼！这些歉疚之感是我此时阅读和回忆中越来越深地体会到的。追念先人，怅惘莫名！

祖父母、三叔和婶母、四叔、姑母、姨母，我许多长辈也一个个谢世了！

时间的长河不停地流逝，人世间的变化谁都无能为力啊！

《药渣》只是我从十六岁到二十二岁的一段病痛的记录。如果算是传记，那是很不完全的。十六岁之前，虽然多病，还算是幸运和幸福的。二十二岁以后直到现在耄耋之年，我在时间之河里又经受过许多风波。我没有详细地记录下来，也没有系统地回顾，而且可能不打算絮絮叨叨地作纸上交代了。人贵有自知之明。我是个小人物，从来没有做过大事情，除了一辈子与纸笔为伍，完全算不上什么“成功人士”。我写我自己，只是一吐为快，除了我的亲友，恐怕没有多少人感兴趣。

我写《药渣》，本来想把它作为“遗著”。大难不死之后，我大概想过把它作为进入文学圣殿的“敲门砖”。几十年过去了，我依然故我，事实说明，我只能算是始终不渝的文学爱好者，而不能成名成家。我已经“知天命”了。

“大难不死”连下来四个字是“必有后福”。这是谚语，约定俗成，不该否定。但是对于我来说，我觉得这不过是一句宽慰“遭难者”的话。因为我在大难之后，又遭到不少的大大小小的难。我的遭遇告诉我：“大难不死，还有后患。”

先说病吧。一九五二年，我又经受过一次磨难。著名的整形外科医师屠开元为我在今淮海路上的虹桥疗养院做了右腿股骨头整形再造手术。这是大手术，费用也很贵，五百元。股骨头开刀后尚未收口，屠医师便再一次用手矫正骨骼，使我痛彻骨髓。但后来我虽未如常人，却能不用拐杖跛行了。父母亲带我去他家送了一个银盒，上面刻了“跬步不忘”的感谢辞。

一九五八年“大跃进”时期，我以戴帽之身，紧张和劳累过度，因全血尿去中山医院急诊。检查结果是肾结核，左肾必须切除。由章仁安和一位何医师主刀切去左肾。我至今是一个“独肾者”。

一九九五年，我应河北教育出版社之邀，参加“世界文豪书系”讨论会。这是我很少出门远行中的一次。不料讨论会临结束时，忽然患病，呕吐不止，急返上海，华山医院医师诊断为肠梗阻，由陈丽莉医师主刀，剖腹切肠取出结石。这也是一次死里逃生的经历。

除了这些荦荦大端之外，疱疹、痛风、白内障、心血管病、关节炎等中病、小病接连困扰，我成了医院常客，何福之有？

再说“丁酉帽灾”，“文革”牛棚这些灾难，我都没有幸免。凡是经历过这样的狂风暴雨的同胞们都多少知道这是怎么回事，不说也罢。

如果要写我活到八十岁为止的自传，大体上就是这些琐琐碎碎、不堪回首的故事。没有辉煌，没有高峰，没有轰轰烈烈的业绩，也没有引人入胜的情节，千千万万普普通通老百姓平平淡淡地度过的一生，大概也差不多如此这般吧。不过我受到的折磨也许多一些，早就该死而没死的命运也许特殊一些。

细细一想，我还是说错了。普天之下受苦受难、呻吟在生死边缘的病人何止千千万万。写到这里正好是十二月一日——世界艾滋病日。报载，全球艾滋病患者累计达六千五百万人，其中二千五百万人已经死亡。其他如白血病、癌症、风瘫等病人，又有多少！人类花了几千年时间，在大家生活的大地上创造了许多奇迹。许多场所那真是叫人流连忘返的乐园，但是不能忘记同样生活在这个大地上正处在水深火热之中的人群！据知全球每天车祸就有三千人死亡，我国各类残疾人就有近八千三百万人。加上永不停歇的战争、杀戮、罪行、贫穷、饥饿……加上火山喷发、地震、海啸、飓风、洪水、旱灾等，有心人都能知道整个世界并非安乐美丽的家园，所谓“新千年”，还远远不是可以心安理得地尽情享乐的时刻。

时间是奇妙的，也许有始有终，也许有始无终。人类在时间的长河中载沉载浮，经历喜怒哀乐，尝味甜酸苦辣。感觉上是漫长的，事实上是短暂的。很快都会过去。

我这个老迈的衰翁当然不久也要被时间带走。既然我还活着，既然我已经写下了自己一部分的经历，既然我能遇到一生难逢的机会可以印成书籍，拿出来献丑，我为什么不呢？我想，对于辗转于病痛中的同类，如果偶然读到拙作，也许能作为借鉴，觉得人的生命力是顽强的，可以与病魔一搏。也许真是不治之症，医治罔效，是否能从中感悟一些生老病死的哲理，从而得到一些安慰呢？

《药渣》写于敌伪占领上海时期。我没有写出当时的社会背景，一是身困病榻，与外界几乎没有接触；二是当时环境难以畅所欲言。我写的年份用“民国”现一仍其旧，以存其真，并未虚构。路名等也是当时的旧名。医师姓名都是真的，并未虚构。我想没有构成对他们的不敬吧。药名等，同样没有改动。记得我是根据当时自己的日记写的，想不会念错。日记等“档案”已毁于“文革”。“文革”以后我限于精力，不再写这种“生活账”了。

《药渣》最后一章“不尽欲言”（暗示其后的日子还有许多话要说）是给邢鹏举先生的一封信。邢先生是曾任上海私立师承中学校长。他毕业于光华大学，做学生时，就写了《西洋史》《中国近百年史》，翻译过《波特莱尔散文诗》。他也写新诗，办诗刊，诗风接近新月派。我的五姨母在师承中学教生物。我初中二年是在师承中学肄业的。邢先生看过我的《药渣》，颇为赞赏，特为我写了一篇很精彩的序。可惜此文在“文革”时被我撕掉了！他在新中国成立初期与我五姨母一同去沈阳某中学任教。不知哪一次运动中，他因历史问题被捕，送往北大荒。终因病去世。

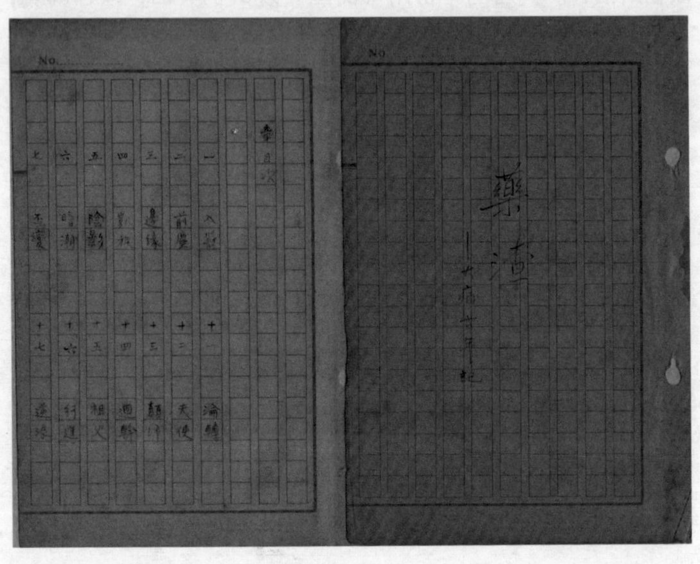

《药渣》手稿

诗人已逝

——悼念罗洛先生

我和罗洛先生只有过几次接触，只有过几句话的交谈，然而我们却可以说是错过机缘的先后同事，又是遭过风暴的先后难友。

一九五五年，继批判电影《武训传》和批判胡适反动学术思想之后，忽然发生了所谓“胡风反革命集团”的案子。当时声讨和斗争的声势浩大，报上有连篇累牍的文章，街上贴了很多标语和漫画。我正在巴金先生办的平明出版社工作，单位里只有二十多人，没有“胡风分子”，因而没有经受运动洗礼。一九五六年，对私营企业的社会主义改造掀起高潮，平明出版社也改为公私合营，并入上海新文艺出版社。这个出版社曾被称作“胡风窝”，揪出了张中晓、耿庸、梅林，以及罗洛等人。我们并入之前，曾参观过在那里陈列审稿单等实物的“反胡风展览会”。并入以后，运动已经结束，“胡风分子”已被带走，记得编辑部办公室的角落里和书桌抽屉里，还留有旧皮鞋、茶杯等物。

如果没有这场运动，我一定在半个世纪前就认识了罗洛先生。

一九五七年，展开了席卷全国的反右运动。上海新文艺出版社被“揪出”的“右派分子”共有十名，其中四名是原平明出版社的编辑人员，四名之中我就是一个。我是一九五八年出版局代局长罗竹风来社开大会宣布右派名单的当天戴上“帽子”的。这对于我是晴天霹雳，相当惊心动魄。不过我属于免予处分的“第六类”，接下来分配到宁夏和青海支援建设的名额中没有我。罗洛先生当时大概已被送往青海。

一九七九年，党的十一届三中全会以后，成千上万的“分子”都得到平反和改正，因而我大概可以说和罗洛先生是先后难友吧。

直到一九九〇年，我已年逾花甲，被批准为上海作家协会会员。记得是九月中的一天，在作协大厅，当时已从青海返回上海，担任作协副主席的罗洛先生主持会议，欢迎新会员，和他在一起的还有赵长天先生和陈伯吹先生。坐在我身边的则是原新文艺出版社编辑王聿祥先生，据说他也曾因胡风问题受审，但未戴帽，因而我在新文艺出版社时就认识了他。后来他和我一样在劫难逃，成为右派。这是我第一次见到罗洛先生。散会后，他走过来和王聿祥先生叙谈，他们是真正同事过的。

作协诗歌组开会，罗洛先生出席时，我又见过他一两次。一九九七年七月，他主持召开庆祝香港回归诗歌朗诵会，诗人宁宇、宫玺、黎焕颐等各位都朗诵了自己的诗作，我也朗诵了《庆香港回归祖国》十四行诗一首。这次会前或是会后我送他一本我翻译的诗集，交谈了几句。

以上这些就是我和罗洛先生的关系的全部了。一九九八年九月的一天，突然见报载，罗洛先生不幸因患肺癌于十二日去世。二十二日，我去殡仪馆参加他的追悼会，送了花圈和挽联。

现在，写这篇文章，是因为诗歌组领导宁宇先生嘱我参加即将举行的《罗洛文集》四卷本出版首发式，并撰文介绍此书。这一任务勾起我对尘封数十年的悠悠往事的追忆，心中翻腾着种种苦涩的波涛。我为罗洛先生悲哀，为他遭受的种种苦难难过；同时，我又为他晚年的幸福感到欣慰，为他复出以后，在不长的时间里为国际文化交流作出卓越的贡献感到钦佩。更钦佩的是这三百万字的皇皇巨著，其中充满着浓浓的诗情，随处可见清词丽句和哲理深思。在文论部分则是闪耀着真知灼见的光芒。使我这个只能耍耍笔杆子的人特别惊讶和尊敬的是，罗洛先生对西北高原地区的科学研究的大量论著和翻译。这些文字说明他在受冤屈的蒙难时期，仍然怀着一颗赤诚的报效祖国的拳拳之心，说明一位诗人在无法拿起诗笔尽情抒写的时候，只要有一颗真善美的心灵，只要有百折不挠、坚忍不拔的毅力，同样能在其他领域发挥自己的才能。

当前，国家发出西部大开发号召，罗洛先生的科学研究正当其时，一定会起到不小的作用。

这篇文章里，免不了也有对自己的命运的反思，因为这是用我手写我心的文字。

更重要的是，所有的中国人都应该对我们的国家和命运作一番反思。如果没有从二十世纪五十年代以后直到那场“文化大革命”的接连不断的政治运动，我们的国家会是怎样情形？恐怕早就富强康乐了吧。罗洛等许许多多知识分子也会作出更大的贡献了吧。

诗人已逝，罗洛先生不会再想到这些问题。我觉得我们后死者在发挥自己的余热的同时，值得想一想。

这里，让我用一首十四行诗结束这一篇小文。

悼念诗人罗洛

打开你的遗著像打开你的心，
流淌着温柔敦厚的汩汩诗情。
怎么能相信遭受过霹雳雷霆？
冤狱中只能咽下绝望的呻吟。

然而那正是烈火中钢水的折腾，
冷却后就变得格外凝重和坚硬。
青海边你的笔转向另一片风景，
科学领域里奉献你爱过的真诚。

天日再现时你重新参拜了诗神，
深埋的积愫爆发出灿烂的井喷。
人们都期待你更多才华的云锦，
却只能感叹心血的细丝已吐尽。

黑夜要吞没天和地使玉石不分，
真正的珠宝总会有闪亮的时辰！

第二辑

域外奇葩

夏洛蒂·勃朗特不知道的事

英国女作家夏洛蒂·勃朗特（一八一六—一八五五）一生除了诗作和一些零篇以外，主要写过四部小说：《教师》（一八四六）、《简·爱》（一八四七）、《谢利》（一八四九）和《维莱特》（一八五三）。另有一部《爱玛》未完稿，是她去世前不久动笔的。她在世上只活了短短的三十九年，但是她的文学作品是世界文学宝库中不朽的珍宝。

《简·爱》一书，早有林琴南译本《媒孽奇谈》和伍光建译本《孤女飘零记》。一九三六年生活书店出版了李霁野的译本《简·爱自传》，一九四九年此译本在文化生活出版社出版，书名改为《简·爱》。一九五六年，李译又在上海新文艺出版社重印。此后，随着一次次政治运动的开展，随着阶级斗争、思想改造的深入，随着“文化大革命”狂风巨浪的冲击，批判修正主义，批判“文艺黑线”，横扫一切牛鬼蛇神，铲除所有“封资修”“毒草”，文学翻译陷入困境，只有少数东欧、朝鲜、越南作品可以介绍，苏联因为“修正主义”之故，已很难选材，更不用说西方资本主义的东西了。直到四人帮垮台，“文化大革命”结束，改革开放的春风吹遍大地，文学艺术才有了真正“百花齐放”的机会。

上海译文出版社成立于一九七八年，是由上海新文艺出版社（一九五八年九月改称上海文艺出版社，一九六四年四月起又改为人民文学出版社上海分社）的外国文学编辑室独立出来，与上海编译所合并，再充实了上海翻译界的各方人才，增加了社科组、字典组、教材组等科室。改革开放以后，译文出版社正式出版的第一种翻译小说，记得是译过《牛虻》的名家李俍民的《斯巴达克思》。新华书店开始出售的时候，清晨就有人去排队，一字长龙，绕过街角，极一时之盛。转眼销售一空，后到者只有向隅。这是文学翻译从未有过的喜人景象。

我在“文革”前就已处在靠边状态。“文革”中经过抄家、蹲“牛棚”的“锻炼”，于一九六九年底随数千新闻出版系统人马和“人牛”去上海东海边五七干校“斗批改”，又有幸被照顾回市郊一家化工厂“战高温”，然后因译文出版社资料室的需要而调回，不多久，又蒙安排回到外国文学编辑室当编辑。

大约是一九八八年，领导分派我担任《简·爱》译稿的责任编辑。此稿曾被另一编辑退给译者修改。译者是我们的同事祝庆英女士。她毕业于圣约翰大学英文系，住上海淮海路（旧称霞飞路）上的淮海坊（旧称霞飞坊），在巴金先生当时的住宅（五十九号）隔壁，由巴金先生聘请进入平明出版社。“公私合营”的社会主义改造中的一九五五年十二月，平明出版社以及全体工作人员二十多位（除巴金先生以外），一起并入新文艺出版社。祝庆英要求进步，后来入了党，多次当选为“三八红旗手”。“文革”中，她也受到冲击，当然和我这个“右派”或“摘帽右派”相比，只是“小冲见大冲”。她在平明出版社出版过《弗洛斯河上的磨坊》。翻译《简·爱》则可能是她在“文革”期间做的“地下工作”。

我按照我们一贯的工作方法，逐字逐句将她的译稿和原文对照，尽我所能作了一些润饰工作。《简·爱》很快就出版了，也是非常畅销的书。出版社油印了一种“购书单”，凭单可购一或两册，这也是前所未有的办法。

后来，《简·爱》的电影译制片公开放映，那更是如烈火烹油，鲜花着锦，祝译《简·爱》，一印再印，简直卖疯了。据知前后印数累计达百万册以上。

新中国成立以后，曾经有很长时期，出版社分工明确，按照出版物性质各不相扰。上海译文出版社是全国唯一的专营翻译书籍的出版社。不过，北京的人民文学出版社也兼出外国文学的翻译作品。改革开放以后，市场经济越来越扩大、深入。全国各出版社已打破分工的界限。大家争相出版世界文学名著或非名著，《简·爱》一书的各种译本已有数十种之多。

从新中国成立以后到“文化大革命”前的十七年，加上“文革”十年，除了几次短暂的思想活跃、争鸣热烈的时期，我国文学艺术的评价标准都遵循“马列主义、毛泽东思想”的原则：政治第一，艺术第二；文艺为政治、为工农兵、为生产服务。外国文学翻译能符合这样的要求者极其有限。《简·爱》一书的内容，讲的是英国一个孤女简·爱，幼时寄人篱下，又在孤儿院受折磨。她长大后到一个富贵人家做家庭教师。这家男主人罗切斯特的妻子是个疯子，一直被关在顶楼上。简·爱和罗切斯特两人日久生情，彼此相爱。在教堂举行婚礼那天，忽然有人揭发这一婚姻法理不容。简·爱悲愤交加，决意离开。她远走他乡，穷困潦倒之际，被一个传教士圣约翰收留。圣约翰要去印度传教，要求简·爱嫁给他，与他同行。简·爱犹豫不决之时，忽觉罗切斯特在远处呼唤她。她凭此幻觉，又回到罗切斯特的深宅大院，却只见楼宇已经烧毁。原来是疯女人纵的火。而罗切斯特为了救妻子烧瞎了眼睛，伤了一只手。妻子身亡，他迁住别处。最终，简·爱来到罗切斯特身边，结成夫妻，生了孩子。

这样的内容，用革命的文艺标准来衡量，肯定是不合格的。“文革”期间，更要被划归“封资修”的“大毒草”之类，受到批判。对于我们一些从旧社会来的知识分子，被“大毒草”熏陶，像草药那样浸润过的人，对这类作品是很欣赏的，也不以为奇的。《茶花女》《少年维特之烦恼》《傲慢与偏见》《蝴蝶梦》《飘》，这些外国爱情小说都读过了。因而，《简·爱》尽管有它独特的艺术成就和魅力，也不会为之如痴如醉。我读过文化生活出版社的李霁野译的《简·爱》，这是第一种把 Jane Eyre 这样音译的译本。记得当时也许是年龄的缘故，并没有“深受感动”。正是改革开放的时机，把关闭得太久的门窗打开，新一代、新二代的读者见到了从未见过的奇花异草，才使得恰逢其时的《简·爱》受到如此不简单的爱。

大约一九八六年，祝庆英和她的哥哥祝文光合译盖斯凯尔夫人著的《夏洛蒂·勃朗特传》交稿，仍由我担任责任编辑。此书于一九八七年出版。八十年代，担任祝庆英的两种翻译的责任编辑之后，我对于夏洛蒂·勃朗特这位作家有了较深的认识，也产生了更大的兴趣和偏爱，不免萌生翻译她最后一部小说《维莱特》的想法。承蒙同事杨之宏（笔名西海）先生同意与我合作，我们向领导申报了选题，经过审批，从一九八七年开始动笔，经过五六年之久，才于一九九四年末出版问世。

杨之宏先生长我九岁，福建人，他的父亲杨树庄（一八八二——一九三四）曾任国民政府福建省主席，海军上将及第一任海军部长，不幸五十二岁便病逝于任上。杨之宏先生十六岁时靠其父抚恤金十五万元去英国留学，二十一岁毕业于牛津大学。他和杨宪益先生当时同在牛津学习。他在抗日战争爆发后回国，新中国成立后，因病赋闲。大约一九五五年，与我先后进入巴金先生主办的平明出版社。他任编辑部副主任，我是助理编辑。我们一同在公私合营时期，进入新文艺出版社。“反右”运动时，又一同成为右派分子。平明当时一共十位编辑，“反右”时划了四个右派，即陆清源（笔名海岑）、叶麟鎏（笔名鹿金）、杨之宏和我。“文革”中，巴金受批判的罪名之一，就是他“招降纳叛”，“藏污纳垢”。一九五八年，反右告一段落之后，杨之宏先生和他的夫人陈漪（笔名莲可）及四个子女举家调往宁夏固原县。他被派在一所中学，“管理”很少的图书。“文革”时，停课闹革命，他在门房间做打钟老头。学校里已人去室空了，但是他忠于职守，每天按时打钟不止。他是一位虔诚的基督教教徒，为人诚实，善良，忠厚，坦荡。他在那穷乡僻壤锻炼、改造了二十年之久，直到拨乱反正才摘帽回到上海的家中，并且在译文出版社“官复原职”，但不久就退休了。我请他合译《维莱特》，是因为他的英文修养极好，胜过我多多（反右运动中，开“大辩论”会时，他用英文记下别人对他的“谬论”的批判，因为中文对于他反而陌生，记不下来）。同时，此书的英国背景、其中许多法文字句，我都要得到他的帮助，才能解决。再者，他和他的夫人合译了《女房客》一书（一九九二年出版），此书作者是勃朗特三姐妹中的小妹妹安妮。

我在一九八八年六十岁时退休。本来可以多花些时间，专译《维莱特》。但我体弱多病。“文革”抄家后，我家（即我的任私方厂长的父亲租住的房屋）由房管处分配了十来户住了进来，一室一户众多人口，成了大杂院。我的一室是吃、睡、读写、会客、藏书全在一起的“多功能”房。夏天夜晚，我常常赤膊待在阳台上，在荧光灯下译《维莱特》，引来飞虫搅扰和叮咬。我拜访巴金先生的次数不多，生怕打扰他的工作。我记得他每次都问我住房条件改善没有。我是直到二〇〇〇年住处拆迁才得以改善的。

是我拖累了《维莱特》译稿的完成。完成后又经责任编辑同事郑大民先生的精心校阅，然后是等待新华书店的“订数”，即他们能销多少册，不达一定数量出版社不愿开印。这样一再耽搁，等到拿到样书，杨之宏先生已经撒手西归了。我感到十分歉疚，他没有看到他的劳动成果！不过，他生前出版了他译的班扬《天路历程》一书，又与他的夫人合译出版了《大家庭的故事》和《女房客》等书，或许可以弥补一些遗憾了。

杨之宏先生于一九九二年十一月二十九日病逝于上海华山医院，终年七十五岁。我曾去医院楼下一间小房间里参加他的家属和牧师为他举行的简朴而隆重的送别仪式。鲜花扎成的十字放在他胸前，他面容安详，他的灵魂是离开这烦恼的尘世而去天堂了吧。我多么希望当时能把一册《维莱特》放在他手边！

尽管有不少评论家认为在艺术成就上，《维莱特》胜过《简·爱》，夏洛蒂的绝唱才是她最好的杰作，然而，我们的译本却没有像《简·爱》引起洛阳纸贵那样的轰动。《维莱特》初版本等到订数达到五千册才于一九九四年开印。五年以后，二〇〇〇年十二月，出版社才重印此书六千册。

《维莱特》，这部被盖斯凯尔夫人认为“比《简·爱》更了不起的书”，却一直没有像《简·爱》那样受欢迎。也许书和人一样，除了其本身的因素之外，也还有幸运与否的因素在起作用吧。为了让未识庐山真面目的读者有所了解，这里作一些粗略的介绍。一八四二年到一八四四年，夏洛蒂到比利时首都布鲁塞尔（作者在小说中称为“维莱特”）埃热夫人寄宿学校去读书。这是为了学好法文、德文、文学等课程，回家以后与妹妹办学以谋生。想不到夏洛蒂和埃热先生发生了无望的、刻骨铭心的感情。夏洛蒂在一八四六年写成的《教师》和一八四七年出版的《简·爱》之中，这一段私秘的恋情都有所反映。但是这部一八五三年出版的《维莱特》才是她亲身经历的最接近真实的最深刻感人的写照。可以说是她后半生的小说体自传，或自传体小说。唯真实和真诚能感人；唯用高超的艺术手法创造的呕心沥血的作品才有永久的价值。我觉得《维莱特》的价值正在于此。夏洛蒂和埃热先生的没有结果的爱情故事原来很久不为世人所知，此书情节读者会以为全属虚构。直到一九一三年，夏洛蒂逝世后九十七年，英国《泰晤士报》发表了夏洛蒂写给埃热的四封情书，读者才有可能恍然大悟，原来如此。这四封信是埃热夫妇的女儿偶然得之，但是直到老年才拿出来捐赠给不列颠博物馆的。这一段不同寻常的情节给作者和她的《维莱特》增添了引人入胜的传奇色彩。全书近六十万字，超过《简·爱》十多万字。无法在这里详细介绍。读者了解了作者的生平以后，对于《维莱特》定会击节赞赏的。

此书最早的译本是伍光建译，商务印书馆一九二六年出版，书名为《洛雪小姐游学记》。第二种是谢素台译，湖南文艺出版社一九八七年出版，书名《维莱特》。我和西海译的《维莱特》于一九九三年由上海译文出版社出版。其后，一九九四年，北岳文艺出版社出版了胡自立的译本，书名为《露西》。一九九八年，河北教育出版社出版了陈才宇译的《维莱特》，收在《勃朗特两姐妹全集》之中。迄今为止，尚未见到其他译本。

二〇〇〇年三月，我又一次因病住进了上海淮海中路上的徐汇区中心医院。在病房中，我重阅了部分《维莱特》，另一部分由杨之宏先生的女儿又才医师校阅，作了少许修改，以便交出版社重印。

当时，在医院中，我忽然想起同事祝庆英正是于一九九二年九月二十日在这家医院病逝的，终年六十三岁。我曾来此探望。她的家在淮海坊，距医院咫尺之遥，从医院高楼可以俯瞰到那条弄堂的大门口。

我忽然想起，人的肉体是多么脆弱，经过几十年的风雨之后，就会化为尘土，归于无形。人类创造的物质则要比肉体长久得多。比如房屋、街道、城市，这些东西能够百年、千年地存在。人类创造的精神产品，比如艺术，比如文学，比如书籍，如果经得起时间的考验，那可以是不朽的。只要世界存在，地球没有毁灭，它们就可以永远栩栩如生地活在活着的人们的眼前。

一百多年以前，远在万里之外的我们敬佩的英国女作家夏洛蒂·勃朗特的艺术创作向我们证明了这一点。她早已不在人世，但是我们这些译者、编辑、出版工作者还是为她的作品花了许多时间、许多精力。我们的读者也一代一代在阅读，在为她的创造而欣喜或悲伤。夏洛蒂不知道这些，更不知道我们这些命运多舛的译者的种种遭遇。然而，我们没什么可抱怨的，抱怨是有害无益的。对于夏洛蒂·勃朗特，我们只有感激，因为翻译她的作品是一种艺术享受，她笔底的喜怒哀乐能引起我们的共鸣，给我们心灵以滋润和慰藉。

《维莱特》书影

感谢马克·吐温

马克·吐温（一八三五——一九一〇）是我国读者相当熟悉的一位作家。他的作品大概在他去世后的二三十年开始翻译介绍进来，比如《夏娃日记》（李兰译）、《王子与贫儿》（李葆真译）等。新中国成立以来，他的作品的中译本更是大量翻译出版，比如张友松译介了九卷之多；名著《哈克贝里·费恩历险记》和《汤姆·索耶历险记》的译本不下五六种；短篇如《跳蛙》、《百万英镑》、《败坏赫德来堡名声的人》也一再被翻译；其他如《傻瓜国外旅游记》、《密西西比河上的生涯》、《赤道圈纪行》、《傻瓜威尔逊》、《贞德传》、《自传》等等也有多种译本问世。他的某些作品甚至还被收入了我国的语文教材。

此外，还可读到几种译自英文和俄文的马克·吐温传记和评论集。报刊上也不时登载有关这位作家种种论述和翻译。

在一般读者心目中，马克·吐温是一位幽默小说家、杰出的儿童文学作家、游记和传记作家。他创造的哈克和汤姆等人物形象栩栩如生，特别通过影视的传播更使人难以忘怀。

这样的印象应该说是正确的，但是不够全面。马克·吐温还有一些文学作品，以及大量的杂文、政论、演说词、书信等尚未与我国读者见面。如果我们读到这些上百万字的文章，我们就能得到一个比较全面的了解，认识一位全面的马克·吐温，真正的马克·吐温。他不但是一位幽默、风趣的小说家，游记和传记作家，而且是一位思想深刻的哲学家、直言不讳的政论家、机智敏锐的演说家和悲天悯人的预言家。他的思想其实是他全部作品的底色，他的幽默往往是暗藏机锋的，他的玩笑常常是隐含眼泪的，所以并不存在两个马克·吐温，并不存在幽默和悲观相矛盾的马克·吐温。如果我们读读他摘下玩笑的面具而严肃认真地写下的文章，我们便可以对他有比较深入的了解。比如，读读他的对话论述《人是什么?》，他的寓言小说《四十四号——神秘的外来者》，以及他的杂文《记录天使的一封来信》、《致坐在黑暗中的人》、《私刑合众国》、《沙皇的独白》、《国王利奥波德的独白》，还有关于亚当、夏娃、撒旦、伊甸园的调侃小品文，我们可以读到一颗正直、善良、唯真理是从的心；我们可以听到一种疾恶如仇，反对世界上任何地方（包括他的祖国境内）发生的任何暴行、压迫、残害、剥削的正义的声音。他不畏强梁，傲视王侯，甚至对基督国家目为神圣不可侵犯的上帝也敢幽默一下。

作为中国人，我们应该特别感谢马克·吐温在我们惨遭列强欺凌宰割的清朝末年，对我国人民热情关怀，为我国人民的不幸遭遇仗义执言，大声疾呼，几乎是单枪匹马与国际反动势力作战的高尚行为。

一八四〇年的第一次鸦片战争，可以说是我国经受帝国主义侵略的百年创伤的开始。相反，这一时期的美国却是处于资本主义急速发展的时期。美国一些商人除了从非洲贩卖黑奴，充作本国的劳动力以外，还从我国招募“苦力”。一八四〇年在美国的华人只有八人；一八六〇年便猛增到三四万人。一八六二年，马克·吐温从美国东部来到西部，在弗吉尼亚城任《企业报》记者，写了一篇《唐人街》的报道。一八六三年，他来到圣弗朗西斯科，这里华人较多。一次，他看见一群孩子在街上欺侮一位华人，像恶魔一样揪住这人的辫子（清朝男人即使留洋也要留长辫），尽情作弄。马克·吐温义愤填膺，写了一篇《该诅咒的儿童》，发表在纽约的《星期日信使报》上。还有一次，他亲眼看见：“一个华人头顶一篮衣服，不声不响地从街上走过，一群屠夫却放出狗去咬他；狗在撕咬华人，其中一个屠夫还走上来火上加油，拾起半块砖头，把那华人的牙齿敲掉好几颗，让他咽下去。”为背井离乡、孤立无援的我国同胞写这样的揭露文章，可见马克·吐温的侠肝义胆。可是报社却把文章扔在一边，不予发表。

一八六八年八月四日，纽约《论坛》杂志上，刊登了马克·吐温的一篇专论《美中条约条款阐述》。这里的条约是指一八六八年七月二十八日中美签订的所谓《蒲安臣条约》。蒲安臣（A. Burlingame，一八二〇—一八七〇）原为美国派驻中国的公使，后来清政府“洋为中用”，聘请他为大清的赴欧美外交特使，也算是一种“外援”吧。蒲氏与他本国的国务卿威廉·西华德签订了条约，这是国际外交史上罕见的颇有戏剧性的一幕。不过，这一条约的某些条款从字面上看，蒲氏为在美国的华人争得了一些“优惠”。因此，马克·吐温为之欢呼：那些恶棍“再也不能对华人使枪弄棒，再也不能对华人动用拳脚，再也不能对华人纵狗行凶了”。

可是，没有实力作后盾的条约，只不过是白纸上印了一些不起作用的文字而已。这在世界历史上是屡见不鲜的。美国有人认为，上述条约中“互相移民条款，是为促进中国劳动力向太平洋沿岸输入，主要去从事联合太平洋铁路的建筑工作，因为该项工程的劳动力正发生困难”。等到铁路竣工，大批劳工失去工作，资本家便翻脸无情，认为华工是一种负担。有人叫嚷："华人夺走白人饭碗"，"华人是些恶人"，"从中国这样大量移民，我们美国有黄种化的危险"等等。在反华、排华的谬论挑动下，各地迫害华人的事件有增无减，变本加厉，哪里是什么条约能够约束得住的！马克·吐温善心不改，仍然为我们中国人拿起笔来。他在一八七〇年至一八七一年连续发表了尖锐的讽刺小品《对一个孩子的可耻迫害》、深刻揭露的小说《哥尔斯密的朋友再度出洋》、杂文《一个中国人在纽约》，一八七七年，又写了以华人洗衣工为题材的剧本《阿兴》。

在上述《美中条约条款阐述》一文中，马克·吐温还为我国打抱不平，抨击帝国主义者横行霸道，喧宾夺主，在中国领土之内，强行划出所谓租界。租界之内是洋人的独立王国，行使他们的"主权"，向中国人摊派租税，把中国人看成"低下的蛮族，不配享受仁慈"，"活该被人踩在脚下"。马克·吐温警告说，如果不结束这种罪恶的租界制度，以尊重的态度对待中国人，中国人民迟早会起来作殊死斗争，把洋人全部赶走。

租界制度的始作俑者是英帝国主义者。他们根据强迫清朝廷于 1842 年签订的结束鸦片战争的《南京条约》，除了取得二千一百万银元的"赔款"和割据香港以外，还获得"五口通商”的权利。一八四五年，又据此条约签订《上海租地章程》，在上海建立了英租界。一八四九年，法国“不甘落后”，在上海建立法租界。此后，天津、汉口、九江也相继冒出了“租界”这种国中之国。

打开灾难深重的中国近代史，真是血泪斑斑，不堪回首。史书上接连不断地记载着战败、割地、赔款、签订丧权辱国的不平等条约。英、法、日、俄、德等帝国主义狼犬把东方巨龙撕咬得遍体鳞伤，奄奄一息。但是，正如马克·吐温所说的那样，中国人民风起云涌、前赴后继地展开了殊死斗争。太平天国、捻军、天地会、小刀会、义和团等等人民革命运动一浪又一浪，掀起反抗清朝封建统治，反抗外国侵略者的怒潮。一九〇〇（庚子）年，以农民为主体的反帝爱国的义和团的成员们用血肉之躯面对洋枪洋炮，顽强战斗，宁死不屈，其英勇壮烈之举，可歌可泣。当年，侵略者以一些外国基督教传教士和中国信徒被杀害为由，英、美、德、法、俄、日、意、奥组成十万人的“八国联军”，攻占津、京、山海关及山西等地；帝俄更单独调骑兵十七万攻占东北，企图吞并东三省。清政府不得已，一九〇一年九月七日签订了屈膝投降的《辛丑条约》。对方除八国以外，还增了西、荷、比三国来分一杯羹。条约规定我国赔款银九亿八千余万两（史称“庚子赔款”）；拆毁大沽炮台；政府承认“纵信”义和团的错误，向各国道歉等等。

帝国主义侵略者大获全胜，中国人民处于越来越悲惨的境地之际，有谁会为我们哪怕是说一句公道话呢？有，那就是当时已誉满美欧各国的文学大师马克·吐温。

马克·吐温当时已六十五岁，早已功成名就，德高望重，很可以赏心乐事，息影田园。如果他不屑于像其他“爱国者”那样，支持政府对外扩张，派兵远征，尽可以闭口不谈国事，一心只搞文学。然而，他是“吾爱吾国，更爱真理”。六十岁时，他为了还清债务，去大洋洲、非洲和欧洲长途旅行，演讲、朗诵、撰稿以筹款。知道中国在受到列强百般欺凌的时候，他难抑激愤之情，发表演说，撰写文章，抨击帝国主义，仿佛他是一个中国人。一九〇〇年八月十二日，八国联军攻陷北京的前一天，他在给朋友的信中说：“我同情中国人。他们一直受着高踞君位的欧洲强盗的欺凌，我希望他们能把外国人全都赶出去，永远把他们拒于门外。”一九〇〇年十月六日，他返回美国之前，在伦敦接见纽约《世界报》记者，表示反对美国同其他侵略者串通一气：“我不知道我们的人民对于我们自己在地球上到处扩张是同意还是反对。如果他们同意的话，我将感到遗憾……在中国，没有我们的事，就像在任何不是我们自己的国家没有我们的事一样。”他乘船回国，一下码头就声明自己是一个反帝国主义者。不久之后，他参加了反帝同盟。十一月二十三日，他发表演说：“洋人们在中国的国土上只是惹是生非，中国为什么不应摆脱他们？如果他们都滚回去了，对中国人来说，中国将是怎样一个幸福的地方啊！我们不许中国人到这儿来，那我必须严正指出，我们应该懂得让中国决定谁可以到那儿去。……外国人从不需要华人，中国人也从来不需要外国人，在这个问题上，我无论何时都站在义和团一边。义和团是爱国者，……我祝愿他们成功。义和团坚定地需要把我们赶出他们的祖国，我也是一个义和团的成员……”

一九〇〇年十二月十三日，马克·吐温主持一名叫做温斯顿·丘吉尔的英国记者的演讲会。这位记者就是后来第二次世界大战期间赫赫有名的英国首相。当时他要讲的是英国在南非与布尔人的战争。马克·吐温深知这位先生的大英帝国主义的立场鲜明而又坚定，对殖民地人民没有好感，便借此机会尖刻地讽刺丘吉尔，说英美是亲戚，在犯罪方面也是亲戚。丘吉尔的父亲是英国人，母亲是美国人，这样是再和谐也没有了，结果就生出像丘吉尔这样的完人。还说：“看看美国吧，它是全世界被压迫者的避难所，只要他出得起五十美元的入境费。不过中国人除外。美国站起来到处保卫人权，甚至去帮助中国人，让他们放外人免费入境……英国呢，无论在何种情况下，只要不是他们自己的国土，它在门户开放方面做得又是多么无私啊！”

一九〇〇年除夕，马克·吐温写了一封公开信，愤怒而严厉地指责英美两国的大人物：“麦金莱的战争与张伯伦的战争一样无耻，但愿公众能把这两个歹徒都用私刑处死。”麦金莱（一八四三——一九〇一），美国第二十五任总统，任内曾发动美西战争，吞并夏威夷岛，侵占菲律宾，派兵参加“八国联军”，对中国提出“门户开放政策”。一九〇一年遇刺身亡。张伯伦（一八三六——一九一四），英国殖民事务大臣，发动英布战争，积极推行帝国主义政策。其子内维尔·张伯伦是第二次世界大战初期对希特勒实行所谓绥靖政策的英国首相，倒台后由丘吉尔接任。

一九〇一年二月，《北美评论》上发表了马克·吐温的《致坐在黑暗中的人》，后来又由反帝同盟出版。这篇文章被称为“反帝文学的代表作”，是投向国际上帝国主义分子的重磅炸弹。他的朋友曾劝他不要发表，免遭麻烦。《北美评论》主编豪威尔斯劝他先去上吊，免得被别人吊死。当然，这只是一句马克·吐温式的玩笑话。文章指出：整个教会就是帝国主义的帮凶，他们满口道德仁爱，把中国人、布尔人、菲律宾人等等看作坐在黑暗中的愚昧无知的人，说要赐予他们以“文明”，实际上他们自己杀人，掠夺成性，给这些人带来深重的灾难。他们自己口口声声自由、平等、“保护弱小”等等，“不过是一种外表，看上去笑脸迎人，十分漂亮，颇能吸引人”，然而结果却是使别人失去自由、平等、土地、钱财。“坐在黑暗中的人”是用自己的自由、主权和土地换取西方的“文明”。文章揭露：“德国有两个传教士在山东被杀死了，德国为了这两个人竟然索取每人十万美元的代价，外加十二英里土地。”德皇的要求是满足了，然而给中国“坐在黑暗中的人”留下了恶劣印象。他们会思考：“我们能买得起这种文明吗？中国有富人，他们或许买得起。可负担却偏偏不落在他们身上，而落在山东农民身上。山东农民每天不过挣四文钱，却要付这么一大笔款子。这种文明难道比我们的好，比我们的神圣、高贵、高尚吗？”“接着俄国沙皇又夺走了满洲里，偷袭村庄，杀死无数无辜的农民，把尸体投满了江河。这使中国人又大为震惊：‘这难道又是一个文明的强国吗？……难道我们只能接受文明，把我们自己降到他们那种文明的水平吗?’”

文章发表以后，果然激怒了帝国主义分子，遭到一些报刊的围攻，咒骂马克·吐温“叛国”。但是另一方面，反帝阵线则一致欢呼。当然，我们中国人民当时如果读到这篇义正词严、痛快淋漓的反帝檄文也会为之大声喝彩的。即使现在，距这篇文章发表百年之后，我们读来，仍然感到心潮澎湃，热血沸腾。

马克·吐温这位伟大的作家，伟大的良心，那些年，他身在太平洋彼岸，在我们几万万受苦受难的同胞毫不知情的情况下，热情地支持我们，始终不渝地为我们辩护，为我们与反动势力战斗，怎能不使我们感动!

马克·吐温从未到过中国，但他是我们中国人民的患难之交，知心朋友。二○一○年将是他逝世一百周年，我觉得我们应该为他树碑立像，请他的灵魂到中国来。他的塑像是否就立在八国联军刺伤我们的心脏的地方？让我们永志不忘，让我们记住过去的耻辱和敌人，更让我们永远记住我们这位伟大的朋友。

吴钧陶与其主编的《马克·吐温十九卷集》

唐诗英译的开山祖师

我写下拙文这个题目的时候有些犹豫。“开山祖师”乃佛教用语，虽然后来比喻某一学派或事业的创始人，而用来比喻唐诗英译的第一人，是否妥当？有趣的是，这位清末来华的英国老外，名叫佛来遮（可能是他自己取的中国姓名）。一个凡人可以信佛，但是可以姓佛吗？不知道。

我国经典古籍在明末清初就有了西欧各种文字的翻译出版，多半是传教士的功绩。我国古典诗歌最早的英译，应该以琼斯爵士翻译的《诗经》为准。琼斯爵士（Sir William Jones，一七四六——一七九四）是一位语言奇才，精通八种语言，半通八种语言，又略通十二种语言（包括西藏语和汉语），详见范存忠教授《中国文化在启蒙时期的英国》第十章（上海外语教育出版社，一九九一年）。

西方传教士、学者、汉学家接触我国古籍，大概先从四书五经着手，然后叩开了中国小说、戏剧的大门，如《赵氏孤儿》、《好逑传》等，然后才发现唐诗的无限风光。

唐诗最早的一首英译，据江岚和罗时进两位教授的考证，是英国汉学家马礼逊（Robert Morrison，一七八二——一八三四）翻译的杜牧《九日登齐山》，是他为介绍中国民俗时引用的，详见《南京师范大学学报》二〇〇九年第一期载《唐诗英译发轫期主要文本辨析》。这一篇论文中写道，曾任香港英国第二任总督的戴维斯（又写作德庇时爵士，Sir John Francis Davis，一七九五——一八九〇）也是早期译过唐诗的汉学家。他在《汉文诗解》中发表了王涯《送春词》和杜甫《春夜喜雨》的英译文。

在十九世纪，西方对我国唐诗逐渐了解和赞赏，但只有零星的翻译。及至英国一位著名汉学家、中国诗歌翻译家大量作品问世，中国文学，包括唐诗，才对世界产生了深远的影响。此人姓名旧译赫伯·艾伦·贾尔斯，现译翟理斯（Herbert Allen Giles，一八四五——一九三五）。他一八六七年来华任英使馆翻译生，光绪六年（一八八〇）任英国驻福州领事，后历任驻上海领事、驻淡水领事、驻宁波领事等官职。生平著作五十余种，涉及唐诗的有《古文选珍》（一八八四）、《中诗英韵》（一八八四）、《中国文学史》（一八九四）、《古今诗选》（一八九八）等。他翻译唐诗，选出了陈子昂、贺知章、张九龄、王维、李白、杜甫、王翰、高适、韩愈、杜秋娘、韦庄等众多著名诗人的作品。他的贡献应该大书特书。

翟理斯涉猎的我国古典文学十分广泛，但是要谈到首先翻译和出版一部唐诗专著的译者，还需要进一步搜求。在这一方面的研究者提出了各种意见，上述《南京师范大学学报》中江岚和罗时进的结论是言之有据的。他们提出唐诗英译专著拔头筹者应该是——弗莱彻。

弗莱彻是谁？这就要回到本文的开头了。此人就是佛来遮。我查了《中国翻译词典》（湖北教育出版社一九九七年版）和《近代来华外国人名辞典》（中国社会科学出版社，一九八四年二版），兹转述如下。佛来遮（William John Bainbridge Fletcher，一八七一——一九三三）原名威廉·约翰·班布里奇·弗莱彻，华名佛来遮。英国人，二十世纪初来华，任英领事馆翻译。清光绪三十四年（一九〇八）起，任福州、琼州、海口等地英国副领事、领事。退休后任广州中山大学英语教授，逝世于广州。佛氏对唐诗颇有研究，出版《英译唐诗选》（Gems of Chinese Verse，一九一八）及《英译唐诗选续集》（More Gems of Chinese Poetry，一九一九）两书。

除此之外，我还查阅了七八本专著，以及《唐诗百科大辞典》、《古诗百科大辞典》和《牛津英国文学手册》等，均不见这位佛名。可见他是一位受怠慢、被忽视的“开山祖师”。阿弥陀佛!

以整本的、专以唐诗英译为内容的书而论，尚未见到早于一九一八年和一九一九年出版的这两种。而且值得敬佩的是，两书都非率尔操觚之作。译者精心选出九十二位唐代诗人的二百八十六首诗作，皆用英诗格律体译出，英汉对照，加注释。虽然此处彼处不时有误解而误译，或勉强凑韵之处（见吕叔湘编《中诗英译比录》序中的评论），然而一般译笔很见功力，对于一个外交官汉语学者来说，确实难能可贵。

这位生于一百多年前的佛先生不会想到，他的书给我带来意外的惊喜。原来我杂乱陈旧的藏书中，竟然深藏着这两本书的初版本。打开发黄的书页，翻到版权页，印刷和发行不在外国，不在香港，却就在上海，由商务印书馆出版。两册初版日期分别是：“中华民国七年（一九一八）五月”和“中华民国八年（一九一九）五月”。定价均为“大洋贰元”。前一册的“编译者”为“W. J. Fletcher”。后一册改为“编纂者”，署名竟然是“谪仙”！众所周知，“谪仙”乃唐代诗人贺知章誉李白之词。难道说，佛先生竟然把李白的称号加给自己，立地成仙了？难道说，当年上海商务印书馆有一位编辑名叫“谪仙”吗？不知道。一百多年前的旧案谁能查得清？

更教我惊喜的是，我还在自己弃置很久的藏书中，发现了这位佛氏的另一本汉诗英译的作品。可惜这是残本，前面完整，到第八十八页为止，后面缺失不知多少页。书无扉页。从英文序言始，接下来英文序诗。没有目录。然后是 Part Ⅰ, Love Poems; Part Ⅱ, Scenery; Part Ⅲ, Miscellaneous; Part Ⅳ, Nursery Rhymes; Part Ⅴ, Imitations of Chinese Style，大概是佛氏仿汉诗的创作，只有英文诗一首，其后就缺失了。此书也不见版权页，没有出版日期，但是序言下端印着：“Fouchow（福州），January 31st, 1916 W. J. B. Fletcher。”古旧的封面上印的书名是：The Pearl Chaplet。没有中文书名。如果译成“珍珠花冠”似不妥。拟代他译为《一串珍珠》，不知佛氏可会同意？值得注意的是封面右下端用较小的字印着“By the Author of ‘Verse and Fancy’ etc., etc.”。这样说来，佛氏还有“等等等等”的作品湮没无闻，待人发掘。

此书每首诗上为英译，下为中文。英译有题目，无原作者名。有中文题目的，只有《春江花月夜》、《宫中行乐》、《闺春》、《梦魂奇》、《天河》、《夜宿七盘岭》、《陆浑山庄》、《江上吟》、《登古郧城》、《灵岩寺》、《萤火》这几首，也均无原作者名。可见选材并不精当。其第四部分，甚至译了“张打铁，李打铁，打巴（把）剪刀送姐姐”这样的童谣。

我之所以比较详细地介绍佛来遮这三本书，一是因为终于像发现“三江源头”那样发现了唐诗英译的开山祖师是谁，而且他的作品的出版处就在中国，主要在我们上海。二是因为我这个“布衣纸囚”一辈子与书和笔打交道，竟然在故纸堆中找到了一百年前的“宝书”。要知道经过“文化大革命”的劫难，这该是奇迹啊。现在拍卖行里拍出上亿元、上千万元天价的古董时有所闻，许多人都“先富起来了”，我这个富不起来的老朽会不会托佛氏的福而“一夜暴富”呢？当然，这不过是自我调侃，自得其乐的笑话而已。三是因为我想为这位唐诗英译者鸣冤叫屈。他可能不是一位诗人、作家或学富五车的汉学家，但无论如何是一位有重要贡献的中外文化交流的使者。许多外国汉学家或翻译家名垂史册，比如C. F. R. Allen（一八四四—一九二〇）、Witter Bynner（一八八一—一九六八）、Arthur Waley（一八八九—一九六六）、Ezra Pound（一八八五—一九七二）、James Legge（一八一五—一八九七）、Herbert A. Giles（一八四五—一九三五）、L. Crammer-Byng（一八七二—一九四五）、小畑薰良（一八八八——九七一）、Roger Soame Jenyns（一九〇四——九七六）、David Hawkes（一九二三—二〇〇九）等等，为什么佛来遮就名不见经传，而被历史的尘埃“遮”掉了呢？他曾任教于广州中山大学，我想关于他的生平和著作应该还有可能挖掘出一些来。也许，这一切都是多此一举，用网络流行语来说，“神马（什么）都是浮云”，即使为佛氏“恢复名誉”了，又能怎么样呢？一切有为法，如梦幻泡影啊！

不过，话要说回来。佛来遮在我国生活和工作的年代，正值清末民初。中国发生辛亥革命、五四运动；国际上发生第一次世界大战、苏联无产阶级革命。种种历史上十分重大的事件，风起云涌，此起彼伏。而佛氏却能像我佛如来那样从容淡定，孜孜不倦地沉浸于平平仄仄、五言七言这种难以理解的唐诗迷宫之中，传播文化，最后客死他乡。与此同时，大英帝国号称“日不没国”，到处侵略扩张，开辟租界。其国人来到我国或是耀武扬威，或是巧取豪夺。对比之下，佛来遮无疑值得我们敬佩，值得我们刨根问底，挖地三尺，起明珠于尘埃之中。

随着国际文化交流日益频繁，随着我国国力日益增强，我国文学宝库中的珍宝一定会受到世界更大更多的关注。唐诗英译这块园地需要我们更深入、更广泛、更精细地去耕作。可喜的是，除了外国学者的译著不绝如缕地出版以外，我们留洋学者或华裔学者也有许多作品问世。同时，国内的学者、教授、专家们也燃起了热情，纷纷投入这一工作，要把我们祖宗这些珍贵和灿烂的文化遗产展示给全世界，展示给千秋万代的诗歌爱好者。

悠远的奇境

很久以前，在一个遥远的地方，有三个喜欢听故事的小姑娘缠着一个青年，要他讲故事。他边想边说，结果编出了这一部奇妙的《爱丽丝奇境历险记》来。

这里明确交代一下，“很久”是一百多年以前，一八六二年七月四日。“遥远的地方”是在英国牛津大学边的泰晤士河里的一条小船上，那个青年名叫查尔斯·路特维奇·道奇生（Charles Lutwidge Dodgson），后来取个笔名叫刘易斯·卡罗尔（Lewis Carroll）。这是把 Charles Lutwidge 两个字前后互换，再稍加改变而成的。三个小姑娘是立德尔（Liddell）三姐妹，她们是大姐萝琳娜·夏洛蒂（Lorina Charlotte）、二姐爱丽丝·珀莱裳丝（Alice Pleasance）和小妹伊迪丝（Edith）。同去的还有一位青年，名叫鲁滨生·德克渥斯（Robinson Duckworth）。他们溯流而上，准备到戈德斯通去野餐。

道奇生，或者卡罗尔，是在一八三二年一月二十七日生于英国柴郡达斯伯里的一个偏僻的小山村里。他的母亲早亡，父亲是一位牧师，有子女十一人（七女四男），卡罗尔是长子。以一位牧师的收入维持十多口人的庞大家庭，生活之艰难可想而知。卡罗尔天资聪颖，勤奋好学，有进取心。他十二岁便开始写作。先在约克郡的里士满学校（Richmond School）求学；后在拉格比公学（Rugby School）读书，获得数学、作文、古典文学和神学的奖金。一八五一年，他考取牛津大学，进入三十六个学院中的基督堂学院（Christ Church College）攻读数学。一八五四年以优异的成绩毕业（特别是数学考试得第一名），获学士学位，留学院任教，后来升为数学讲师，一八六一年又被委任为英国国教的副主祭，取得在牛津大学终身任教的资格。一八八一年退休后，他一直过着独身生活，写了许多数学论文以外，还写了不少散文和打油诗。在《猎捕鲨蛇》（一八七六）一诗中，他创造的怪物“蛇鲨”（Snark），是用英文snake（蛇）和shark（鲨）两个字“合成”的。现在英文字典中已特别收入。一八九八年一月十四日，卡罗尔住在萨里郡的吉尔福德他的一位也是独身未婚的妹妹家中，不幸得了肺炎，不治而逝，终年六十五岁。

由于童年孤寂和艰难的生活环境影响，他生性腼腆，患有口吃病，不善与人交往。但是他十分喜爱儿童，跟孩子们在一起，他便感到自由自在，连说话也不结巴了。

上述三个小姑娘是牛津大学基督堂学院院长的女儿。院长名叫亨利·乔治·立德尔（Henry George Liddell，一八一一—一八九八）是著名的《希腊文—英文词典》两位主编之一。卡罗尔和立德尔一家在校园内的住处只有一两百步之遥。三个小姑娘常常跑来和卡罗尔作伴，要他讲故事。

这就回到了一八六二年夏季的那一天。三十岁的卡罗尔和他的同事德克渥斯带了三个小姑娘去划船。卡罗尔最喜欢当时大约十岁的爱丽丝，就把她的名字编到故事里去。同时把伊迪丝（Edith）的名字变做“小鹰”（Eaglet）；把萝琳娜（Lorina）的名字变做“吸蜜小鹦鹉”（Lory）；把教士德克渥斯（Duckworth）的名字变做“母鸭”（Duck），把自己的名字道奇生（Dodgson）变做“渡渡鸟”（Dodo），自嘲因患口吃而念做 Do-do-dodgson，这些都编到故事里去了。他是信口开河，出口成章的，可见他随机应变的本领。卡罗尔后来在日记中说：“我把女主人公送到兔子洞里去了……下面该发生什么事，我自己还一点主意都没有。”

他终于讲完了这一篇稀奇古怪的故事。小姑娘们听得出神入迷，非常开心。爱丽丝听了还不满足，要求卡罗尔把故事写下来。两年半以后，一八六四年的圣诞节，卡罗尔送给爱丽丝一件礼物，那是一本绿色皮面的笔记簿，开头写着:《爱丽丝地下历险记》，内容一万八千字，便是他亲手写下的那篇故事，附有他亲手画的插图，最后一页还贴上卡罗尔给七岁时的爱丽丝摄的一帧照片。

这部珍贵的手稿还有一段发生在许多年以后的插曲。一九二八年，爱丽丝已经成为哈葛锐夫斯夫人并且做了祖母的时候，她把手稿交给了拍卖行，由一位美国收藏家以一万五千四百英镑的价钱购得。这位收藏家在半年以后，加上卡罗尔另外一些手稿，转手卖得十五万美元。一九四六年，手稿再度被拍卖。这时，美国国会图书馆的卢瑟·伊万思（Luther Evans）先生得到一些藏书家的资助，并得到手稿收藏者的谅解，以 5 万美元的低价购进，然后在一九四八年乘船去英国，把卡罗尔的《爱丽丝地下历险记》手稿赠送给英国博物馆，作为“酬谢的象征，因为我们（美国）在为（第二次世界）大战作准备的时候，他们（英国）抵挡了希特勒”。

再说这部手稿作为礼物送给爱丽丝以后，被好多人传阅，都深感兴趣。小说家亨利·金斯利（Henry Kingsley，一八三〇—一八七六）读了也大为赞赏，他建议爱丽丝的母亲劝说卡罗尔把故事整理后公开发表。于是卡罗尔把它修改补充为现在这样大约七万字的故事，并且改名为《爱丽丝奇境历险记》。一八六五年七月四日（为了纪念一八六二年七月四日），这本书由麦克米伦公司出版了。在卡罗尔生前，此书共印行了十六万册，使他收入大增，他甚至请求基督堂学院减少给自己的薪水。由此可见他不是一个为金钱所驱使，又以金钱作为奋斗目标的那种人。事实上，他生活简朴，常以饼干就雪利白葡萄酒作为午餐。

卡罗尔后来为爱丽丝写了此书的续篇《爱丽丝镜中奇遇记》，并于一八七二年出版。晚年，他又写了两篇:《幼年“爱丽丝”》（The Nursery“Alice”）和《哲学家之爱丽丝》（The Philosopher Alice）但是不很成功。

《爱丽丝奇境历险记》甚至得到英国女王维多利亚（Queen Victoria，一八一九—一九〇一）的青睐。事情是这样的。此书一出版，卡罗尔把头一本赠送给爱丽丝，第二本赠送给比阿特丽斯公主（Princess Beatrice），这位小公主的母亲便是历史上著名的维多利亚女王。小公主和女王对此书都非常欣赏，于是女王请作者把其作品都寄来一阅。作者对这一使他不胜荣幸的命令自然乐于服从。他找出许多“大作”，包成一个大邮包，寄往白金汉宫，呈请“御览”。女王收到以后，怎么也想不到所见不是故事书，而是什么《行列式的约缩》（Condensation of Determinants）、《平行原理》（Theory of Parallels）等等，一本本都是卡罗尔用他原来名字出版的数学专著。这可说是一桩文坛趣事。

在《爱丽丝奇境历险记》出版以后的三十七年之中，卡罗尔收到和回复信件共98 721封。他几乎来信必复，弄得“分不清哪是我，哪是墨水台”。他给孩子的信，有时别出心裁，写得只有邮票般大小。也有故意把字写反，要对着镜子才能阅读。这反映了他幽默风趣、童心不改的性格。

卡罗尔去世以后的一百多年，《爱丽丝奇境历险记》和《爱丽丝镜中奇遇记》已经传遍了全世界，各国读者读着原本和各种不同译本。一代代的孩子像喜爱他们的玩具那样对这两本书爱不释手。一代代的成年人和老年人也从这两本书回想起他们的童年时代。由此改编成的戏剧、电影、电视剧、芭蕾舞、轻歌剧、哑剧、木偶剧、乐曲和雕塑等等同样层出不穷。近年来在英美两国还成立了“刘易斯·卡罗尔协会”，出版季刊。关于卡罗尔的信件、传记、评论等书籍陆续出版。甚至还有人为爱丽丝作传。

一些卡罗尔研究者认为，在爱丽丝长大以后，卡罗尔真的爱上了爱丽丝，并且有意和她结婚。但年龄悬殊，门第不当，此事遭到爱丽丝父母的反对而未果。卡罗尔多才多艺，他还是维多利亚时代摄影界的先驱。他为爱丽丝所摄的照片，与为她画的肖像都留存至今。

以上是关于本书作者的一些背景材料，是综合多种资料写成的。在阅读本书以前或以后了解一下，想必对阅读正文有所帮助，并增加阅读兴趣。

至于故事本身，似乎不必多加介绍和评论了。作者不过是说了一个梦幻般的故事，其中似不包含说教，也没有多少严肃的讽刺规劝意味。只要读者看了觉得有趣，便是收获。本来，儿童的世界是一片纯真的游戏世界，其中没有成人世界中那么复杂和世俗的争斗和烦恼。因此，只要人们永远保持一颗童心，或者在掸去世俗的灰尘以后，仍然发现自己有一颗宝贵的童心，那么《爱丽丝奇境历险记》便会永远是值得爱不释手的珍宝。

有人说，卡罗尔的作品把荒诞文学提到最高水平，对二十世纪五十年代西方兴起的“荒诞派”文艺产生了一定的影响。这样，卡罗尔的贡献就不局限在儿童文学领域了。

本书最初由著名语言学家赵元任先生（一八九二——九八二）翻译介绍到我国，书名是《阿丽思漫游奇境记》，一九二二年由商务印书馆出版，一九八六年重版。这期间，据知还出版了多种其他译者的译本。我不揣谫陋，费了不少时间，拿出我的这本翻译试卷来，虽然这主要是一部儿童文学作品，但是其中有不少幽默诙谐的游戏笔墨，不时穿插双关语、打油诗之类，常常令译者踌躇终日，难以下笔。我尽心竭力像开凿隧道那样一寸寸向前挪，等到终于凿通，感到喜悦的同时，也感到有些惶恐，不知自己的工作究竟做得怎样。拙译将由上海译文出版社出版，请高明的读者，包括小朋友们批评指正吧。

感谢远在美国的钱琰文女士为我复印厚厚一叠有注解的原文托人带来，对于我的翻译和添加注解有很多帮助。钱女士原是我家几十年的邻居，但是一直没有交往。这次助我一臂之力，特别使我感动。还有其他几位朋友和同事如袁志超、王克澄、梁颖、黄杲炘等各位先生为我查找和提供资料，使我十分感激。上面赵元任先生的生卒年份是北京《中华读书报》的赵武平先生查到后打长途电话告诉我的，也可见他热心助人。电影或电视剧的片头上都有长长的名单，表示一件作品不只是一个人的成果。一本书，也同样需要好多人的帮助和支持。

本书插图采用原著中由著名的英国画家约翰·坦尼尔爵士（Sir John Tenniel，一八二〇——一九一四）所作的全部插图。卡罗尔本人的照片，和他所摄、所画的爱丽丝，我觉得很珍贵，也采用在本书卷首。

谈译诗兼谈杜甫诗英译及其他

我在出版社工作了三十多年，看过一些从外文翻译成中文的稿件，其中包括诗歌译稿。编辑所以要看稿，是因为出版社要出书；出版社所以要出书，是因为读者需要（或者是出版社认为读者需要）看某些某些书。创作稿如此，翻译稿亦然。

对于译稿的取舍标准，一般来说，一是视其内容，也就是原作的内容，是否值得介绍给我国读者；二是视其译文质量，是否忠实于原文和是否具有充分的表达能力。在一部译稿决定采用以后，为他人作嫁衣裳的翻译稿编辑所要做的主要工作，就是尽力在译文质量的这两个方面帮衬帮衬。

这一工作方法，我想无论对于科技翻译、社科翻译或文学翻译都是适用的。在文学翻译之中，我想无论对于小说、散文、戏剧或诗歌，也都是适用的。

在我这个当编辑的眼中，翻译问题就是这样简单而又实际。卑之无甚高论，似乎并不需要怎样高深的理论来指导这方面的实践。

然而，可能是自有翻译以来，便有“诗不可译”论的意见，这种意见还出之于著名诗人和学者之口。比如雪莱在《诗辩》一文中说：“译诗是徒劳无益的，把一个诗人的创作从一种语言译成另一种语言，犹如把一朵紫罗兰投入坩埚，企图由此探索它的色泽和香味的构造原理。”（据王科一《从雪莱论译诗谈起》中的译文）闻一多在评日本小畑熏良英译《李白诗集》中，译《秋登宣城谢朓北楼》里“人烟寒橘柚，秋色老梧桐”两句话时，说道：“它的好处太玄妙了，太精微了，是禁不起翻译的。你定要翻译它，只有把它毁了完事！譬如一朵五色的灵芝，长在龙爪似的老松根上，你一眼瞥见了，很小心地把它采了下来，供在你的瓶子里，这一下可糟了！从前的瑞彩，从前的仙气，至今都变成了又干又瘪的黑菌。你挠着头，只着急你供养的方法不对。其实不然，压根儿你不该采它下来，采它就是毁它，‘美’是碰不得的，一黏手它就毁了。”卞之琳谈译诗也说：“诗是无法翻译的，不能从一种语言译成另一种语言。”（《诗词翻译的艺术》第一三八页）还有，美国诗人 Frost 索性说：诗就是“在翻译中丧失掉的东西”（许渊冲《翻译的艺术》第二一四页）。

这些意见，应该是言之有理，持之有故的。要想驳倒，恐怕很困难，也许办不到。那么，接下来的问题是，既然诗不可译，是否就意味着不可译诗呢？再就编辑、出版译诗而论，Frost 的话等于是说，我们是在用竹篮子打水，倒在水缸里的不过是水草，而水已经在半路上漏失尽净矣！

然而，事实上诗歌的翻译和出版是不能取消的。人类创造的任何事物都有其需要，翻译也不例外。在世界上存在各种不同的语言，而人们需要交流的时候，就需要翻译，包括诗歌的翻译。雪莱本人就翻译过但丁和歌德的诗歌；卞之琳先生也出版过译诗集。可见，持诗不可译论者，是感觉到这种客观需要的。

我认为，说诗歌不可翻译，这一论点的主要问题在于对翻译本身的看法上。对于翻译质量的高标准、严要求，无疑是十分正确的；但是要求翻译和原文一模一样，完全等值，那就不现实了。正像世界上没有两片完全相同的叶子，也没有一对毫无差别的孪生兄弟或姐妹一样，我们不能要求完全等同于原文的翻译。翻译就是翻译。最好的翻译是最大限度地做到与原文近似的东西。有人说，翻译有时候可以好得超过原文，我觉得过犹不及，同样不能算是翻译的成功。一个译者最大的职责（如果不能说是唯一的职责）就是尽可能用另一种语言文字忠实地再现原文的精神和面貌。

要说是不可译的话，小说、散文、戏剧等同样也有不可译之处。推而广之，有谁能把我国相声的一个节目惟妙惟肖地译成另一种文字呢？我看到一篇文章，论述到狄更斯作品的某些不可译。拿公认为高水平的傅雷的译文来说，他是不是已经逾越了两种文字的障碍，可以说他那支笔就等同于巴尔扎克那支笔？傅雷自己说："鄙人对自已译文，从未满意，……传神云云，谈何容易!"（《翻译论集》六九四页）。意大利哲学家Croce概括地说："一部文学作品是不可能翻译的。"这和诗不可译的观点相比，不过是百步与五十步的问题了。

不可译的看法，同样可以推论到法律条文。比如一九九〇年六月二十一日《人民日报》上刊登一则有关《全国人民代表大会常务委员会关于〈中华人民共和国香港特别行政区基本法〉英文本的决定（草案）》的消息，说："英文本中的用语的含义如果与中文本有出入的，以中文本为准。"这里，我觉得同样存在两种语言无法完全等值的问题。

总之，不妨套用"金无足赤，人无完人"的话来说，翻译无等同于原文的翻译。作为一个编辑，在我看来，翻译是顺应需要而存在的；翻译的水准似乎存在一个极限，这个极限总是和原文有一定的距离，译文质量的高低是视和这个极限的远近而定，却不能要求它和原文等值。我觉得，这可以说是用现实主义的态度来看待翻译。此外，作为一个编辑，我觉得还应该用发展的眼光来看待翻译。翻译，至少是文学翻译，正如文学创作一样，有一个发展的历程。不过，翻译的发展历程与创作的发展历程有所不同。创作出来的杰作在文学史上永垂不朽，后代的杰作不一定超过前代的杰作，而是各有千秋，各有其伟大之处。而文学翻译的发展，一般来说，往往是后来的译本胜过先前的译本；后来者在译文对原文的貌合神似方面所作的努力，在许多方面胜过先辈。比如现在用林琴南翻译的方法译出小说，向出版社投稿，我想是会被婉言谢绝的。比如新中国成立后出版的翻译文艺作品，总的来说，也显然胜过新中国成立前的大部分翻译出版物。又比如，十九世纪初叶，外国一些对中国古诗感兴趣的人士，由于不识中文，或所知甚少，他们的翻译同样被后来的中外学者的翻译逐步超过。当然，总的趋势是前进的，是上升的，是青出于蓝而胜于蓝。而且，这个趋势不是到了我们的时代为止。长江后浪推前浪，自有后人胜前贤。

持诗不可译论者，我的看法是：一、他们对翻译的要求太高，没有看到翻译就是翻译，翻译不能等同于原作。二、他们没有看到翻译向好和更好的方向发展的趋势。他们举出的觉得不能令人满意的翻译，何以见得将来没有人可以逐步做得较为令人满意和更为令人满意呢？

王以铸先生写了一篇《论诗之不可译》，发表在《编辑参考》一九八一年第一期的时候，我就曾拜读过。这次又从《翻译论集》一书中仔细研读。这篇文章内容丰富，引证渊博，使我印象深刻，得益匪浅。可是，其中论断和前面所举诗不可译的论断一样，又不免使我有嗒然若丧之感。因为这一论断可以使一个编辑再一次产生怀疑，看翻译诗稿究竟有多少价值呢？同时，我自己在做编辑裁缝之余，利用了一些零零碎碎的时间，零零碎碎地翻译了一些诗歌，出版了几本书。十多年的心血花在这方面，要鼓起勇气来做自我否定，还真有些于心不忍。我写本文，绝不敢说有意与诗不可译论者唱对台戏，只能说想以一得之愚支撑一下这一论断的过度的倾斜。而在下意识里，也许是想为拙诗的合理存在找一些根据。

《论诗之不可译》里边举了路易·艾黎英译杜甫《月夜》一诗，作为例子。文章说："艾黎的译文无疑是高水平的。他应当说是一位十分合适的译者。他长期居留中国了解中国人和中国文化，甚至诗人走过的许多地方他都走过，这是国外书斋里的汉学家所不具备的有利条件。此外，他还有机会就近向有关的中国专门家请教。”文章的意思是，即使像这样一位具备种种条件的高水平的译者，而且“确是下了很大的功夫”，可是，“单就‘信’这一点来说，仍不乏可以推敲之处”，因而，可见诗之不可译。

杜甫这首诗是五言律诗，原文是：“今夜鄜州月，闺中只独看。遥怜小儿女，未解忆长安。香雾云鬟湿，清辉玉臂寒。何时倚虚幌，双照泪痕干！”共八行。文章指出，译文“并不拘泥于原诗的行数”（译为十二行），但是“闺”字没有特别点出，而只用了一个 she 字；前两句中十分关键的“独”字，没有充分传达出来；black hair 概括不了“云鬟”的全部含意；“香雾”不是说雾有香味，而是暗示头发有香味，等等。这些意见无疑是正确的，然而以此证明诗之不可译，我觉得似乎缺乏说服力。因为，以艾黎的才能，把这几处地方修改一下是完全可能的，何况他不为自己限定行数和韵律，添加或删减几个词句更有充分余地。他没有表达，或没有充分表达，我看是因为他不能像我们那样，比较容易体会自己祖先的历史背景、生活环境和思想感情。他来自历史和文化背景与我们非常不同的国家，虽然长期居住在我国，却不像我们血管里流的血是从我们祖先那里世代相传来的，因而是息息相通的。他没有很好地表达，不是不能表达，而是不能像我们那样理解。是不是这样呢？

事有凑巧，许渊冲先生在他的《翻译的艺术》论文集第二一二页上，正好提到艾黎这首译诗，同时把我翻译的这首《月夜》举出来，作为例子，以说明诗不是不可译的。不过，文章指出了拙译“美”中不足之处，最后，许渊冲先生把同一首诗译成英文。

我深感荣幸，我的那本《杜甫诗新译》于一九八一年在香港出版以后，并没有引起怎样的注意，现在竟然作为诗不是不可译的例子。我深感惶恐，因为比起路易·艾黎来，我不具备他的优越条件。第一，英语是我的外国语而不是母语，而且我不但没有留过洋，甚至没有进过大学。第二，我出远门的机会非常之少，从来没有到过杜甫到过的任何地方。至于我的有利条件大概就是“吾乃炎黄子孙”，比较容易懂得祖先们的言语，而且自己也写写诗。因而，虽然我的翻译篇篇都是绞脑汁、费心血之作，而且都经过英语修养很深的朋友们的校阅，但是把拙诗拿到“证人席”上曝光以说明问题，却使我惶恐。

不过，我既然对于诗不可译论有我自己的看法，总得有一些实际的例子说明之。这里，不妨就拙译《月夜》这个例子来谈谈我的认识、经验和得失吧。

中国古诗译成英文诗，其中无法解决的问题，或者说不可译之处，首先是在形式上。比如五言、七言，字数限定，不可多一字，也不可少一字，这是我国古诗的一个特点，无法移植。其次是平仄声交织的严格规则。再其次是一韵到底的押韵方法（这一点偶尔有时候可以照搬到英译诗里）。最后，是律诗中的对仗。这是唯有用汉字才能做到的极为精彩微妙的艺术手段，在我国古诗中都大量存在，也无法在另一种文字中体现出来。这些形式上的不可译是无可争议的。不过，却可以在英译中找到替代的方法。比如每行五言，可以视内容多少，译为每行五个、六个，以至七个音步，或者十个、十二个，以至十四个音节，只要整首诗有规律可循便可不再苛求了。平仄声则可用抑扬格、扬抑格，或者抑抑扬格、扬抑抑格取代，实在办不到，则用每行较为整齐的音节数取代，也可形成自然的节奏。无法一韵到底，则英文诗歌里双行押韵、抱韵、交韵等种种方法都可取而代之。至于最后的对仗问题，看来只有不予考虑了。

形式问题并不是无关宏旨的。世上的事物都有它的形式，甲物区别于乙物，首先在于两者之间的外形或形式。诗歌的形式之重要不仅在于区别于文学的其他类别，而且在于这种形式之中本身就包含着美。比如鲜花，它的美能和它的形状、色泽、香味分开来吗？因此，我觉得，用散文或者用自由诗体翻译格律诗，无异于把鲜花一瓣一瓣扯开，任其落红遍地，虽然还可能保存一些色泽和香味，可是其整个完美的外形已荡然无存了。因此，我觉得，中国古诗英译，虽然无法把原来的形式照搬过去，但是应该（也可能）在英诗格律之中找到一个比较适当的形式，以赋予译诗一个比较美丽的外形。

我翻译《月夜》这首诗，费尽心机，最后把它的形式处理为：把八句译为八句（我译过二百多首古诗，绝大多数都照原来的行数）。一、三、五、七行是抑扬格四音步，二、四、六、八行是抑扬格六音步。没有使八行都处理成同样的音步，是因为经过多次实验以后，觉得还是这样处理为好。押韵式为aabbccdd。对仗则置之不顾。全文如下：

The Moonlit Night

今夜鄜州月　The moon to-night in Fuzhou's sky,

闺中只独看 In chamber you alone will see it floating by.
遥怜小儿女 I'm sorry for our children dear,
未解忆长安 As knowing not to yearn for me in Chang-an here.
香雾云鬟湿 Your balmy curls are dewy dreams;
清辉玉臂寒 Your arms are smooth like jade and chill in lucid beams.
何时倚虚幌 When we'll lean by the gauzy veils?
双照泪痕干 Both we'll be shone, and then our tears but the dry trails.

这里，我认为自己已经没法表达出“闺”（chamber）字、“独”（alone）字、“虚幌”（ganzy veils）等。

至于“遥怜”两个字在中文里可以把空间的距离和心中的感情如此简练和富有情致地表达出来，要翻译成英文，对于我来说，便感到捉襟见肘。经过苦思，我索性略去了“遥”字，只译了“怜”字，并且加上了主语和介词，成为 I'm sorry for。我想，译文第一句中已说明了“她”在 Fuzhou，第四句中，“我”在 Chang-an，“遥”是不言自明的，已经包含在字里行间了。略去，似未损原意；译出，似显得啰唆。“香雾云鬟湿，清辉玉臂寒”是极为精彩、对仗工整的佳句，要把它译出来，尤属不易。我反复咀嚼，一遍遍修改，把“香”和“鬟”放在一起，译为 balmy curls。“雾”和“云”两个字，照我的体会是作者在想象中，“看见”远在异乡焦虑地思念自己的妻子，月光下泻，朦朦胧胧，云遮雾罩，似梦似真。那是乱离之世，夜深之时，妻子的发髻虽然依旧散发油膏的香味，但想必是蓬蓬松松的，洒上月光的清辉，更增加了幻梦的色彩。上句最后还有一个“湿”字，这是神来之笔。夜凉如水，寒气凝为露珠，星星点点地洒在蓬松的带香味的月光照射的秀发上，这是何等景象！我从这句五个字中翻来覆去地琢磨，想得很多，可是怎么能这样漫无边际地翻译出来呢？

我便把“雾”、“云”、“湿”三个字凝聚在一起，成为 dewy dreams。从字面上看来，不够贴切，因为 dreams 是原文所无的，如果改为 dewy mists 可能更好些。不过，这里牵涉一个押韵的问题。下句“清辉玉臂寒”，我无论如何无法在句末安排一个可以和 mists 押韵的字。因此，我大胆地把 mists“转义”为 dreams，这是我感到原文的“雾”和“云”是烘托一种梦幻感之故。而 dreams 和下句的 beams 相押，就能镶嵌得妥帖了。

译“清辉玉臂寒”的时候，我注意到“玉”在中文里使人起到美的联想，而英文的jade恰恰相反，它含有指“衰老的马”和“荡妇”的意思。形容词jaded，又表示无精打采、精疲力竭的样子。这个字必须慎用。如果译“玉臂”为jade arms或jaded arms，那么便会使人产生误解，破坏整个意境。如果用ivory代替jade，未始不是一个办法，但那又不是杜甫的诗了。《杜诗引得》里没有“象牙”这个词，可见杜甫从未用过。因此，我在译文中，把“玉”字在这里的作用限定在表明“光洁平滑”的意思的一面，将整句译为：Your arms are smooth like jade and chill in lucid beams。这样，对于英语读者想来不至于引起误解。遗憾的是，中文“玉”字在这里不仅比喻其光洁平滑，而且还有“白”的含意。是不是在句子里再加上一个white呢？可是“玉臂”两个字在译诗里已经占去了三个音步，再加便累赘，所以我把这层意思让读者去体会了，反正原文也没有如此明确地说出来。

结句“何时倚虚幌？双照泪痕干！”是杜甫用诗情画意描绘的他的渴望和梦想。“闺中独看”的画面陡然幻变成了夫妻重逢、悲喜交集的场景。“小儿女”想必围绕身边。那是另一个月明之夜，在“虚幌”旁，月光照着的，是他们两人的憔悴的笑脸和脸上已经干掉的泪痕。而这一切是以问句出之，所以仍然只是梦幻，而非现实。作为译者，从字里行间领悟到这些情节和含意，但是也只允许浓缩在字数有限制、格律有规定的另一种语言之中。但愿读者能从这种浓缩里，生发出原作者的原意和原味来。我把这句分成两个短句，压缩为十二个音节，译为 Both we'll be shone and then our tears but the dry trails。

我这样不厌其详、不嫌其烦地“现身说法”，解剖自制的一个“麻雀”，用意还是在于用一个实际的例子和自己实际的体会，来说明诗不是不可译的。只要我们现实地看待翻译就是翻译，如果并不感叹小说、散文、戏剧等不可译，那又何必感叹诗歌不可译呢？

拙译《杜甫诗英译一百五十首》已于一九八五年由陕西人民出版社出版。其中每一首我都像上述《月夜》那样，字斟句酌，苦心推敲，一再修改然后译成的。这本书可以证明诗之不可译，还是可以证明诗之可译，应付诸公论，但是我希望结果是后者。下面，我想再举拙译杜甫诗二首，希望能更充分地说明自己的观点。篇幅关系，我不做详细说明了。其一为《捣衣》：“亦知戍不返，秋至拭清砧。已近苦寒月，况经长别心。宁辞捣衣倦？一寄塞垣深。用尽闺中力，君听空外音！”译文如下：

Pounding the Clothes

I know well that you'll not come back from the frontier,
When autumn comes the hammering block still I clear.
Because the months severely cold are drawing near;
Still more, I suffer from parting many a year,
Should I be tired in pounding and give up with tear?
Nay, I'll send the clothes afar to the Great Wall to my dear.
Never shall I spare the strength of mine, a female mere,
The echoes resound in the sphere I wish you'd hear!

其二为《秋笛》："清商欲尽奏，奏苦血沾衣。他日伤心极，征人白骨归。相逢恐恨过，故作发声微。不见愁云动，悲风稍稍飞。"译文如下：

The Autumnal Fluting

How bitter the notes sound again and again,
And drops of blood the player's garment stain!
The other day you will be sad e'en more,
When soldiers are back as skeletons and gore.

We meet, and may regret the time to part,
So you croon the flute with a melting heart,
Cant't I see the sorrowing clouds flowing,
But I feel the lamenting winds soughing!

为了说明不仅是杜甫的诗可译，我再举拙译张继的名诗《枫桥夜泊》如下。原诗为：“月落乌啼霜满天，江枫渔火对愁眠。姑苏城外寒山寺，夜半钟声到客船。”拙译为：

Mooring at Night by Maple Bridge

The crows caw to the falling moon;
　　The frosty air fills the sky.
The fisher's lights gleam, the maples croon;
　　With much sorrow I lie.
On the outskirts of Suzhou Town,
　　From Han Shan Temple, hark!
The midnight vesper bells come down,
　　Wafting to the rover's bark.

我不避“老王卖瓜”之嫌，引证了几首拙译，中心思想还是在表明诗不是不可译的。只要我的翻译能够被人承认在对于原文所作的貌合神似的努力方面，多少有一些成绩，我就会感到心满意足了。如果我还做得不够好，那只是我的能力不够，而不是我的“理论”有误。我会说：连我都能够做到这一步了，何况比我高明的人呢。

我对自己的翻译并不十分有把握。比如许渊冲先生在肯定拙译《月夜》的同时，又说 shone 这个字是“擦亮”而不是“照亮”的意思；并说六步音和四步音交替，一长一短，读来像“减字木兰花”。这首原来收在《杜甫诗新译》一书之中，后来在《杜甫诗英译一百五十首》之中，我便作了修改。收在《唐诗三百首新译》的时候，又由陆佩弦先生作了修改。谁知书中诗，字字皆辛苦。作为一个译者，我还要不断努力，向可望而不可即的“完美”跋涉前进。

关于翻译方法问题，从来就有“直译”和“意译”之争。这方面的论文很多，看得人眼花缭乱，而且令人觉得双方都有道理。作为一个编辑来说，从实际工作出发，在对译稿逐字逐句校阅的时候，我觉得从来没有、也没有必要先研究一下译者是用什么方法译成，然后区别对待。编辑尽自己的能力校看译稿，只注意它是否字字句句皆有所本，即对原文相当忠实。同时看译文的表达是否妥善，是否有漏失或过分渲染之处。或刮垢磨光，或显微阐幽，或锦上添花，或去芜存精，总之，“信笔雌黄”的目的是为了尽可能忠实地再现原文。（当然，编辑加工最后仍要由译者决定同意与否。）这里，同样没有按照直译法还是意译法校订译文的问题。

我无意否定这样两种翻译方法，或“直译”、“意译”这样壁垒分明的两种提法，这是我力所不逮的事。但是我的确曾经被人问到我是用哪种方法翻译的。直译或意译，两者必居其一。我沉思良久，忽发奇想，难道不可以出现“第三者”吗？可不可以推出一种叫做“化译”的“新产品”呢？钱锺书先生说：“文学翻译的最高标准是‘化’。”这是说文学翻译要做到出神入化，臻于化境。这是很高的标准，可以作为文学翻译工作的圭臬的。我想到“化译”这两个字，是从钱先生这句话里“化”出来的。不过，我用来说明自己的翻译方法，主要是取“化”字的“消化”和“融化”的意思。前面交代的拙译《月夜》的体会，是否可称为“化译法”的产物？我对诗的原文反复咀嚼，细嚼慢咽，求其消化，甚至“反刍”出来，重复消化。然后对自己的译文，也要经过这样的“工序”。我为自己订出十六字诀“咬文嚼字，敲骨吸髓，千方百计，传真抉微”，这里便有先多多消化，然后把消化所得融化在另一种文字里。这种翻译方法，我相信绝非我的独得之秘，不过由于我的头脑的“消化系统”颇为迟钝，所以我用力特多，干得特别艰苦。比如我“寒窗十载”，才译出杜甫诗一百五十首，平均每年只有十几首。拙译杜甫《自京赴奉先县咏怀五百字》花了三个多月，每天译不到十个字。译尤难消化的《秋兴八首》则花了八个月时间，每月只得一首。比起杜甫“下笔如有神”来，我真是笔杆重千钧了。

我国古籍汗牛充栋，丰富多彩，是人类文化宝库中珍贵的遗产。我们炎黄子孙应该好好利用，自不待言；向世界广为传播，作为大家共有的财富，也是应有之义。遗憾的是，时至二十世纪末叶，作为原“生产国”，我们还没有一个有步骤、有系统的翻译出版计划。拿我国古诗词来说，从上个世纪初到现在，外国诗人、汉学家和海外华人学者在翻译介绍方面做了不少工作，有着令人敬佩的功绩。反观我们自己：新中国成立前，也可以说自有史以来直到新中国成立，在国内出版的，我只见到 W. J. B. Fletcher 的《英译唐诗选》等几种，国人自己的翻译则只见到林文庆英译《离骚》一种。新中国成立后四十年来，我注意收集，国内及香港出版的古诗词英译一共只有十来种。对比我国四十年来出书达数十万种，这十来种不是显得太可怜了吗？

在国外出版的唐诗英译，据北京图书馆王丽娜女士统计，共一百多种，虽然比起上千位唐代诗人和五万多首唐诗来，介绍得不算多，但是唐诗得以广为世界各国人士了解，这些出版物所起的作用是不可磨灭的。那么我们是不是尽可稳坐钓鱼台，坐送“渔”利，让我们的财富由海外去开发呢？反正“英译”是给说英语的国家的人士看的，我们何必操心？这样的想法不无道理。可是事情还有其另外的一面。先说“市场”问题。英译书籍主要是海外读者，然而以《唐诗三百首新译》一书为例，除香港原版以外，国内版于一九八八年由北京的中国对外翻译出版公司出版，正是出版“低谷”时期，还印了一万五千册，可见国内也有读者。我们为什么不去“占领”这样广阔的海内外市场呢？再说翻译本身问题。外国有些唐诗译者并不懂中文，或者中文程度不够好，他们的译文尽管是很好的英文诗，但是和唐诗则往往有一些、甚至很大距离。比如那位著名诗人 Ezra Pound，他的翻译往往无法和原文对照。李白《长干行》中的一句：“郎骑竹马来，绕床弄青梅。”他译为：“你踩着竹高跷来，玩骑马，你在我的座位前闲步，玩着青梅。”又比如 Florence Ayscough 翻译杜甫的《夜宴左氏庄》，把“风林纤月落”这样不难理解的一句，译成：“风用森林阴影及落月微光织成图案，经纱白，纬纱黑。”（Wind weaves, of forest shadows and fallen moonlight, a pattern, white in warp and black in weft.）H. Giles 把李白“月是故乡明”译作：“月亮像过去一样泻下银光。”白居易的《长恨歌》中“渔阳鼙鼓”译成“鱼皮战鼓”。W. Fletcher 把杜甫的《哀江头》中的女官“才人”译作“太监”（eunuchs）。Arthur Cooper 把“伯乐”译作 Uncle Happy。类似这样的错误，不一而足。香港大学刘世舜（Shih-shun Liu）先生说：“如果谁把过去半个多世纪的中诗英译里的严重错误全部摘录下来，可以很容易写满不大不小的一本。”（此句原文为英文）除错误以外，不免还有形式、风格、内涵等等问题有待商榷。可见，我们自己祖宗的遗产，除外国诗人、学者、汉学家介绍以外，还有必要由我们这些贤与不肖的子孙投入一定的力量，来做翻译介绍工作。

也许有人会自我安慰地说，现在已经有一些海外华人或原籍华人的学者在做这项工作了。的确如此，他们的成就是有目共睹的。但是我觉得，既然海外华人在做，我们海内华人为什么不做呢？分工合作，力量不是更大吗？

我们做这一工作甚至是很有必要的。请看一些外国评论家对我国古诗的评价。“勃朗宁使一个强有力的、精妙的头脑完善化，而李白是在使一个相对说来孩子式的头脑完善化。”“中国诗包含的思想性质十分简单。它创造的人物都并不精巧细腻，而且你甚至能说几乎没有头脑。”“东亚诗的缺陷多少是其哲学中所固有的：缺乏深度、缺乏智力的感召和冒险精神。”中国诗只是“一大套秀丽如画的陈腔滥调，谈的是秋天、老年、离别、月下饮酒，毫无智性内容”。（引文均见赵毅衡著《远游的诗神》三一〇—三一一页。）这些断语看来不是精通汉语的外国学者精研中国古诗以后所作的结论。多半是外国人翻译的中国古诗给他们这样的印象。英国诗人 A. E. Housman 就是通过 Witter Bynner 在江亢霓帮助下译出的《唐诗三百首》（The Jade Mountain）作出如下的评论：“对于中国诗，我一般的感觉是，它们的确没有西方诗的种种恶习，但同时它们也没有足够的积极的优点。”（同上三〇三页）

我觉得，这个情况说明，由我们向世界提供比较全面、比较系统、比较完整、比较符合原貌的我国古诗的系列译本，早晚要提到议事日程上来，而从现在开始做起是适当的。

我们还可以从我国古诗的知音们的角度来考虑这一问题。纵然过去的一些翻译有些不够理想，外国读者为之赞叹的依旧不乏其人。英美意象主义诗人很多热爱中国古诗。我们的东邻日本的杜甫研究专家、著名学者吉川幸次郎甚至说出了我们所不敢自夸的话：杜甫“可以傲视万邦，尤其是对偶之妙。歌德、但丁虽系伟大，比之杜甫相形见绌，《旧约》圣书同杜甫相比，如同婴孩之作”（周蒙、冯宇著《杜甫》一八五页）。可见为了知音者们和为了争取更多的知音者们，我们也应该作出自己的贡献。

翻译中要做到完全没有错误，在没有精通两种语言的情况下和在一本篇幅很大的作品之中是戛戛乎其难的事。上举一些外国人译诗中的错误并没有要他们“出洋相”的意思。他们热爱中国古诗的盛情可感，而且的确译出一些精品来。只是有一种人的岛国沙文主义的口吻，不免令人愤慨。《鲁拜集》的著名英译者 E. Fitzgerald 说：“随心所欲地搬弄这些波斯人作品，对我来说是一种娱乐。我认为这班人还够不上诗人资格，唬不住我们，而他们真的也需要一点艺术才像个样子。”（转引自吴景荣著《浅论中国古典诗歌的翻译》，载《中国翻译》一九八七年第六期）迄今为止，似乎还没有这样对待我国古诗的译者。我们也有必要拿出令人叹服的翻译来避免出现这样的人物。

最后，我想谈一谈古诗的译者问题。从事这方面工作的人的确屈指可数。就上海一地而言，我以文会师，以文会友，先后只认识了三四位老先生。我和孙大雨教授通过信，但未谋面，听说他译了不少古诗。方重教授在香港和上海出版过陶渊明诗的英译。现在他年老体弱，已经搁笔。王椒升老先生译出李清照所有几十首词，美国宾夕法尼亚大学作为资料印出，但在国内找不到正式出版的地方。不幸的是张丹子老先生今春去世，他的另一本唐诗英译遗稿在我手边，多方联系，要由他的家属自费两万元才能出版。另一件不幸的事情是孙瑜老先生就在我汗流浃背写这篇文章的七月份去世。他是著名导演，他的《李白诗新译》厚达三百九十页，于一九八二年在香港出版，恐怕知音不多。

我报告这样的流水账，为的是说明寂寞冷落的角落里，还有那么几位在利用“无限好”的黄昏，默默无闻地孜孜不倦地从事这方面的劳动，直到“丝尽”“泪干”的时候。

我在这里呼吁一下：并不一定需要什么基金、奖金，甚至没有什么鼓励、关心也行；只要每年能够有出版一两本，或三四本这类书籍的机会就可以了。从事文字工作当然不是为了藏之名山，而只要印出白纸黑字就是莫大的安慰。如果有这样的出版机会，新中国成立四十年来就会有上百种这样的出版物，不但发扬了我国古诗的光辉，而且会带动一些后来者朝这方面努力。否则，如果后继无人，岂不令人叹息？

我没有听说全国有哪一个文学研究机构里设有古诗译为外文的部门，这也是令人遗憾的。也没有听说哪一家出版社有一套出版这类书籍的计划。非常难得出版一本，稿费之低也令人感到意外。比如上文提到北京出版的《唐诗三百首新译》国内版，开给译者的稿费是二百六十六元。全书共三百十七首，另外还有前言、附录等等。单以正文来算，每首不到一元。译者却有三十九人。该出版公司说这是以印数稿费致酬，我相信他们必定有根据。但是无论如何，一首译诗只“卖”这样的价钱，不是太低了吗？或者说这本书的国外版已付过酬了。那是以每页二十五元港币致酬的，也不算很高吧？文人理应清高，这是无话可说的。两袖清风，方显得飘飘欲仙的潇洒。然而老是清茶淡饭，能够持久地生产清词丽句吗？我们这一代文人，多数当过“牛棚”里的牛，出而为孺子的牛，吃青草，挤出奶，亦乐为之。然而要提高牛奶的产量和质量，似乎必须添加些精饲料才行。这是说笑话，尽请一笑置之，不过有关部门是否可以从中思考一下如何对待作译者的问题呢？

上海今年酷暑难当，持续高温差不多有一个月。我正好在这样的气候里，在我的“五合一”房间（也就是家）里，挥汗写出这篇东西。“五合一”不是“四合院”，乃吃饭、睡觉、会客、藏书、读书都在一起之谓也。这样的环境，又热又闹，头脑又昏昏沉沉。我正好以此为借口，说拙文如有词不达意，或意本不清，或后语不接前言，或自相矛盾之处，皆是客观因素使然，请各位方家多多指教。如果在我啰啰唆唆的话里，尚能发现几句值得参考的言语，那便是我值得欣慰的收获了。

《杜甫诗英译一百五十首》书影

济慈“浮名”二百年

英国诗人约翰·济慈一七九五年十月三十一日生于伦敦，去年是他诞生二百周年。一八二一年二月二十三日他死于意大利首都罗马，葬于该地新教徒公墓中。他的墓碑上引人注目地镌刻着这样的句子：“此墓中葬着一位年轻英国诗人的凡胎浊骨，他临终时，对他的敌人们的恶势力心中感到痛苦，希望墓碑上镌刻如下文字：‘此处躺着的人他的名字是用水写的。’1821 年 2 月 24 日”。

济慈和拜伦、雪莱齐名，都是活跃于十九世纪初叶的英国浪漫主义诗人，也都是英年早逝，而把不朽的诗篇和耀眼的光辉永远留在人间。拜伦活了三十六年，雪莱活了三十年，济慈只活了二十六年。

济慈的父亲是一位马夫，在一家马车出租行饲养马匹。他和雇主的女儿恋爱，结婚，颇有些浪漫色彩。他们生了三男一女，约翰·济慈是长子。不幸的是，约翰八岁时，父亲坠马身亡；当年，母亲改嫁。四个孩子只得由外祖父母抚养长大。

约翰十五岁时跟随一位外科医生做学徒；十九岁时进了一所医学院学习一年，然后通过药剂师资格的考试。然而他天生爱好文艺，在学校读书时期从朋友那儿借读了大量文学书籍，萌发了写诗的志向。一八一六年，他第一次发表了诗作：十四行体的《哦，孤独!》。一八一七年，在雪莱的帮助下出版了第一本书《约翰·济慈诗集》。再过一年，四千零五十行的长诗《恩狄米昂》问世。诗中第一句便是以后被人传诵的名句："美的事物是永远的欢乐（A thing of beauty is a joy for ever）"。不过这首长诗整个看来显得散漫冗长，甚至草率，韵律方面也有欠推敲之处。这一下，引来了批评家们冷言冷语的粗暴攻讦。或曰："做一个挨饿的药剂师比做一个挨饿的诗人要强得多。所以，约翰先生，还是回到你的药店里去吧……下药时可不要像写诗那样大用止痛剂和催眠药。"

受到这当头一棒的打击，济慈并没有消沉下去，反而是以更多更好的作品源源问世来作为反击。

从一八一八年到一八二〇年的三年中，他写了短诗《灿烂的星》、《罗宾汉》、《无情的妖女》；长篇叙事诗《伊莎贝拉》、《圣亚妮节前夕》、《雷米亚》，史诗《海披里安》；以及六首颂歌《惰颂》、《心灵颂》、《夜莺颂》、《古希腊瓮颂》、《忧虑颂》

和《秋颂》。这些都是英诗中的瑰宝，足以使诗人在世界文化的历史长廊中占有显著的地位。

济慈的恋人是芳妮·勃朗。两人在一八一八年秋季相识，一八一九年年底订婚。可是好景不长，一位专事写诗的人可以有恋人，却无法养妻子，何况不久以后，济慈生了肺病，于一八二〇年九月去意大利，想到那个比较温暖的地方养病。两人从此便成永诀。济慈是在他的画家朋友赛汶的照看中去世的。济慈为他的恋人写的情诗不多，但是他创作的旺盛期是在他们相识之后，其中自然不免有爱情的动力在起作用。

济慈的母亲和弟弟都死于肺结核，他本人最后也逃不过这一疾病的魔爪。也许，济慈认为自己屡遭不幸的祸根肇始于那些恶意的批评家在他踏上诗坛的时候给予他的打击，所以临终时仍然耿耿于怀；否则如何解释他墓碑上的铭文？他所说的“敌人们”又是指谁？

“此处躺着的人他的名字是用水写的”一句，据说来源于英国十七世纪戏剧家费莱彻（一五七九——一六二五）的诗剧《菲拉斯特》中的一句话：“你所有的好行为，都将用水写下。”而“用水写的”（write in water）在英文中有“靠不住”、“短暂”、“昙花一现”之意。看来济慈对于自己的成就不是自谦就是信心不足。其实他在世时，作品已经得到不少读者的赞赏。他去世以后，可说声誉日隆。他的诗意象生动，色彩丰富，音调优美，在诗歌艺术的创作上达到很高的境界，给予后世的诗人如丁尼生、布朗宁、王尔德等以很多影响。直至他去世后的二百年，世界各国还在纪念他，阅读他的作品。可见他的名字并不是“用水写的”浮名。他的名字将随他的作品传遍世界，传诸久远。

济慈的诗作我国曾经出版过查良铮的选译本。当此纪念他诞生二百周年之际，将由人民文学出版社出版诗人兼翻译家屠岸的约有一万行的选译本。杰出诗人的作品是人类共同的财富，其价值是超越时间和空间而不变的。为了纪念这位诗人，为了丰富我们心灵的营养，我们不妨打开他的作品集。

外国诗影响浅谈

从五四时期开始的我国新诗，无论内容还是形式，在很大程度上都受到外国诗的影响，比受到我们自己古典诗歌的影响更多，以致有人说我国新诗不是纵的继承，而是横的移植。所以如此，原因是复杂的。也许是因为我国古诗经过两千多年的实践和发展以后，“好诗都已做完”，势必要另辟蹊径，借西风以别开生面。也许是因为二十世纪的人们越来越发现“世界真小”，各种学术思想、文化艺术包括诗歌都在频繁和迅速地融会交流，我国诗歌也必然逐渐趋向这一世界总潮流之中。也许应该说两个原因都有。

我国古典诗歌受外国的影响，主要在思想意识上，具体地说是印度佛教思想的影响。我国早期诗歌不可能受到外国诗的影响，因为那时只有埃及、希腊、罗马、波斯等文化大国，与我们很少交往，而以欧洲为中心的“西方文化”还处在混沌未开的时期。直到戊戌变法前后，梁启超等人提出“诗界革命”，大概是感受到西洋诗歌的影响了。但是他们提出“以旧风格含新意境”，触动还是不多。相反，我国古典诗歌对外国诗产生的影响倒是不小。邻国日本、朝鲜、越南等自不待言，二十世纪初叶创立的英美意象主义诗歌便深深地打上了中国古典诗歌影响的烙印。与此同时的美国“新诗运动”，则“不仅是意象派，我们可以发现，中国诗（指古诗）几乎是新诗运动阶段各种诗派，各种倾向的杂志所普遍接受的东西”。

由此可见，影响是相互的。外国诗可以影响我们，中国诗也可以影响国外。就中国新诗来说，我曾经用也许并不妥当的比喻说现在还处于“初唐时期”，还不能对国外产生多少影响。但是将来总会“冲出亚洲，走向世界”，我国诗人的辛勤耕耘总会结出硕果来。

至于我自已受外国诗的影响，说来惭愧，我没有系统地、深入地钻研过外国诗，也没有受过名师指点。我读外国诗正像看其他类别的书一样是杂七杂八的、兴之所至的、过目常忘的。再加上一些客观的原因，使我无法好好研读。我“风华正茂”的时候，正当“四海翻腾云水怒”的时候，差不多有二十多年的时间忙于脱胎换骨，忙于辨别“香花”与“毒草”，批判“封资修”，直到“文化大革命”一来，几乎所有的书籍都不翼而飞，使我没有时间、没有胆量、也没有条件“亲炙”外国诗了。我到知命之年才重操读诗、写诗和编辑旧业；到耳顺之年才出版了一本新诗集《剪影》。我自称为“花甲新秀”，还不知道是否太僭妄。因此让我来谈外国诗对我的影响，也不知是否太“那个”。

不过，话说回来，正像吃下去的食物会在不知不觉之中变成自己的血肉一样，读过的书，包括外国诗，尽管不多且杂乱，对于写诗的人也会在不知不觉之中“溶化在血液里，落实在行动上”。写诗固然是“我手写我心”，固然是“外师造化，中得心源”，然而完全无所依傍，纯出天籁，对于现代诗人来说，大概很少可能。在羚羊挂角、无迹可寻之处，大概可以找到蛛丝马迹。不才如我，在自我剖析反思之后，同样感到可以略谈一些。

诗人屠岸读了我的一首《墓志铭》以后，在信上说：“我读此诗第一遍时，几乎想哭。但再读，三读之后，就没有要哭的感觉了，而是有些‘入禅’的味道。”回想我写这首诗的时候，心境凄楚悲凉，苍然欲绝，有些诗句杂乱地在心中滚动。如何把它们表达出来呢？忽然，我读过的外国诗中墓志铭的模糊的印象出现在脑际。我很快地把自己的灵感写下来了，然后又作了修改。然后找出普希金的那首一看，发现他写得并不悲凉，而是有些诙谐幽默的意味。据冯春译文，他的全诗是这样的：“这里埋葬的是普希金，他和年轻的缪斯、/爱情、懒散一起度过了快乐的一生，/他虽未做过什么好事，但却是个/心地善良的人，这点上帝可以作证。”斯蒂文生给自己写的墓志铭，题目是“安魂曲”，写得豁达大度，视死如归。济慈那首《墓志铭》便是那句“这里卧着名字写在水上的人”的一行诗。我写的和他们写的不同，但是如果没有无形之中从他们那儿得到借鉴，我大概不会这样写：“我并不想到世界上来，/既然来了，便不想离开。/据说一千亿人来过又去，/我也不得不说一声‘再会!’/只有一个宇宙，/此外绝无仅有。/我在寂灭中神游，/也无欢乐也无愁。/生命相传一代复一代，/愿后来者自爱并互爱。/摇篮到坟墓距离不远，/要创造幸福而非悲哀。”

评论家陈良运说我那首《虎》使他联想到布莱克的《虎》。布莱克这首脍炙人口的名作的确给我留下了印象，特别是原作那种“打铁似的乐调（anvil music）”铿锵有力，掷地作金石声，令人难忘。不过，我写拙作的时候，受到他怎样的启发，我已难以说清。倒是我国的杜甫的诗作给了我教益。他那首《鸂鶒》有句云：“故使笼宽织，须知动损毛。看云莫怅望，失水任呼号。”拙作中最后两句：“可是世界已从属于万物之灵，/铁笼中仰望着一片片遥飞的白云。”我想自己是有意无意中化用来的。我译杜甫诗花了十年的功夫，《杜甫诗英译一百五十首》是我苦心笔耕的结果，杜甫对我的影响必然更深一些。然而拙作《虎》的诗歌形式，我用的是莎士比亚的十四行诗体，这是明显的舶来品。在押韵方面，我觉得外国诗的押韵、交韵方式，如果照搬在创作里，似与我国欣赏习惯不合，不能起到预期的效果。因而我试用了“一韵到底的十四行诗”。在其他几首里，如果难以一韵到底，则采用四行一换韵等尽量合乎我国习惯的押韵方法。十四行诗发祥于意大利，传到英国便产生了变种。我想我们把它国产化也是可行的，而且是必要的。

《剪影》中的《冥想录》题目下的二十首小诗，形式上得之于尼采和泰戈尔的作品。写诗正像其他创作一样，是一项没有休假的工作。诗人常常是心不由己地在观察，在感受，在思索。说不定什么时候一个诗句袭来，它或许结果是敷衍成篇，或许就是那么一点闪光的鳞爪。属于后者的时候，用尼采或泰戈尔式的不拘形式、不讲韵律、不像散文诗的短句记录下来是很好的办法。我国古诗中见不到这样的诗体，外国诗的经验给我提供了方便。

我略识 ABC，因而外国诗的影响只能稍稍得之于英美诗歌、翻译成中文的诗歌，以及受外国诗影响较深的我国诗人的诗歌。想来影响应该是越多越好，这可以开阔眼界，启迪智慧，有利于写作。不过，记得什么书里说过，有哪一位作家不愿意多看别人的作品，以免别人的思想在自己的头脑里跑马，有损于自己的独创性。这话听来也有道理。我觉得，对于这一问题，关键在于如何接受影响。诗人不能像风向标那样接受东西南北风的影响，不能像时装爱好者那样接受模特儿的影响，不能像浮萍那样在不管是什么流派的浪潮里随波逐流，随遇而安。诗人必须有主见，有独立的风骨，有坚定的自我意识。然后，像树根摄取营养、绿叶进行光合作用那样，把外界的影响无形地化为自己有机体的一部分。诗人必须用自己的心去感受，用自己的眼睛去观察，用自己的艺术手腕去驾驭文字，写出前不同古人，后不同来者的诗句和诗篇。正像每一株树都有它独特的个性，每一片叶子都不同于其他的叶子一样，每一个诗人和他的每一首诗都应该是“独特”的。但是同时，他不可避免地必然曾经在某时某地受到过某种影响。

对于外国诗的影响，我们是不是可以这样看待？

空谷幽兰　奇花异卉

——谈艾米莉·狄更生和她的诗

艾米莉·狄更生（Emily Dickinson）是十九世纪美国重要的女诗人。她一八三〇年十二月十日生于美国东海岸被称为“海湾州”的马萨诸塞州的阿默斯特（Amherst），这里距首府波士顿一百英里，当时是一个人口只有四千多人的安静的小乡镇。她在世上默默无闻地生活了五十六个春秋，于一八八六年五月十五日因肾脏病而悄悄离开了人间。

艾米莉写诗始于二十岁，但是开头几年留下的作品很少。一八六〇年前后，艾米莉诗兴如烈火般燃烧。包括美国南北战争年代（一八六一——一八六五）在内，艾米莉在六年时间里写了一千首左右。单单一八六二年，就有三百六十六首。她写了三十多年，留给后世的共有一千七百七十五首。

艾米莉把她后半生奉献给了诗神，已到了如痴如醉的程度，她只顾写作，不管有无知音。而且她还是按照自己的风格，不改初衷。还是那样用标点，或者省略标点；还是那样押韵，或者不押韵。她的格律还是那样有独创性。她的坚定不移的性格使她坚持到底；她的诗神指示她非如此写作不可。

她是空谷幽兰，默默地吐露芬芳。

艾米莉去世以后，她的妹妹拉微妮娅（Lavinia，一八三三—一八九九）从她的书桌抽屉里和其他隐藏处找出大量诗稿，那些诗稿写在活页纸上，用缎带扎在一起，也有不少写在零碎纸张上。有些是定稿，有些未定，标出几种待选择的字句。一八九〇年，即艾米莉·狄更生去世后四年，她的第一本诗选终于由陶德夫人（M. L. Todd）和希金森两人编辑出版。此后，一八九一年和一八九六年，又出版了两种选集。幽兰从幽谷中被移栽出来了，但是外界反响不大，依然有“养在深闺人未识”之憾。

第一次世界大战以后，从二十世纪二十年代起，现代文学达到了全盛时期，欧美各国文艺流派纷立，标新立异，这时，人们终于发现了艾米莉·狄更生。她的声誉日隆，影响大增。她的诗集和书信集陆续出版，一九二四年出版了全集，一九五五年出版了三卷本全集。至此，艾米莉一生辛苦耕耘，从社会得到了全部的收获。这正像天外一个已经死去的恒星，经过多少万光年，把它的光投射到地球上来了。

现代主义，特别是其中的意象派发现艾米莉·狄更生的大量诗作符合他们的文学主张，乃尊她为现代主义的先驱者。有人把她和古希腊女诗人萨福（Sappho，约前七—前六世纪）相比，还有人说她是“英诗中最优秀的诗人之一”、“最优秀的神秘诗人”等等。不过，对狄更生诗作摇头不已的人也不一而足。美国接近传统诗的著名诗人弗罗斯特（R. Frost，一八七四——九六三）批评狄更生说：“也许是一位天才，但是很疯狂。”

现在，需要举出一些具体的例子来说明艾米莉·狄更生是不是天才，是不是很疯狂。她的诗作，除了个别例外，都没有标题，只能根据全集本的编号来加以区别。

比如作品四五三号：

“爱情——你是崇高的——/我无法攀登你——/不过，如果有两个人——/懂得你，那就是我们——/轮流——登上钦博腊索山——/最后——公爵一般——站在你的身旁——/爱情——你是渊深的——/我无法渡过你——/不过，我们是两个/而不是一个——/划船人，以及游艇——在某个极好的夏季——谁知道呢——我们会到达太阳？爱情——你是蒙上面纱的——/很少人——注意你——/微笑——变样——唠叨——死去——/乐园——没有你——是个奇怪的东西——/被上帝起个绰号——叫做永恒——”

又比如作品四六五号：

“我死的时候——听见一只苍蝇嗡嗡响——/房间里宁静无声/就像暴风雨起伏之间——天空中宁静无声——/四周的眼睛——已经哭得干枯——/呼吸都坚定地聚集/等候那最后的一击——这时，/神在这房间里——目睹其事——/我立下遗嘱——馈赠遗物，签字/让去属于我的部分中/可以让与的——于是/一只苍蝇插进来——/飞在光亮——和我之间——/于是，窗户都消失了——于是/我看不见自己看什么——”

爱与死是人生的两件大事，也是文艺中所谓“永恒的主题”。艾米莉·狄更生诗作中写爱与死各有三百来首，共占总数的三分之一左右。从以上两例看来，艾米莉在形式、内容和表达方法上都独树一帜，令人注目的破折号、韵律等在英诗中前无古人。对于问题的观察、想象、描述也都使人惊讶或者赞叹。是不是天才之作，或者她的全集之中哪些是天才之作，哪些不是，或者如何给以狄更生总的评价，这些可以各有各的看法。至于她是不是疯狂，倒可以用她自己的话来回答。

作品第四三五号的头三句说：“从有识别力的眼睛看

来——/许多疯狂是最神圣的感知——/许多感知——是最彻底的疯狂——”

如果说在二十世纪初，狄更生的作品在某些批评家看来不可思议；在二十世纪末的今天，经过历史潮流的检验，已经不存在这样的问题了。

独特的环境、经历和性格造就了独特的狄更生，独特的思想意识、内心世界酿造了她独特的诗歌。她是空谷幽兰，她的诗作是奇花异卉，任何人也学不了。人们只能研究她、欣赏她而不能邯郸学步，那只能造出没有生气的仿制品。

“江山代有才人出，各领风骚数百年。”作为现代主义诗歌先驱者的艾米莉·狄更生，我们有必要介绍和研究她，正如介绍和研究惠特曼一样必要。

《狄更生诗选》书影

孙大雨的《屈原诗英译》

屈原（约前三四〇—约前二七八）是我国古代伟大的诗人之一。中国诗歌历史有文字可考的长达三千多年。中国载入史册的诗人成千上万。屈原是写出大量不朽杰作的带头的第一位。如果诞生于四世纪的乔叟（G. Chaucer，约一三四三——四〇〇）被称为英国的诗歌之父，那么诞生于公元前四世纪的屈原则是中国的诗歌之父。他生活在距离我们两千三百多年之久的年代，但是他的思想和感情、信念、痛苦和怨愤，我们仍然能够从他的诗行的脉搏中感觉得到，并且为他叹息，被他感动。文艺家没有高尚的品格力量，没有高超的艺术手腕，是做不到这一点的。所以，诗人屈原是伟大和不朽的，所以，古有定评，说他“虽与日月争光可也”。

由于年代的久远，汉字和汉语的变化和发展，现代中国人阅读和欣赏屈原作品已经感到困难很多。然而借助于注释、现代语文的翻译，以及许多学者的讲解和介绍，中国读者只要有心钻研，还是可以克服困难的；对于一般外国读者来说，可能知道中国古代有这样一位文化巨人，但是阅读他的作品更要感到难上加难。应该说，世界对于秦始皇兵马俑深感兴趣，并且叹为观止的时候，却忽视和秦始皇（前二五九—前二一〇）差不多同时代、却间接受到秦国穷兵黩武之害的这位诗人屈原，实在是令人遗憾的。

幸运的是，孙大雨教授花费四年时间，倾注他晚年大量心血，用英文译出了屈原绝大部分作品。孙教授在二十世纪二十年代留学美国，毕业于达特茅斯学院，又在耶鲁大学进修两年，回国后在各大学教授英国文学数十年，他同时又是一位诗人和翻译家。由他来翻译屈原诗再理想不过了。我相信，如果不是他已近九十高龄，如果不是他的脑力已经严重衰退，他是会译出屈原全部作品的。

读者有幸读到这部翻译，我认为却多少是因为孙大雨教授遭受不幸之故。这一项艰难的翻译，不啻一项庞大的工程，需要长期锲而不舍的努力，需要全神贯注，不受干扰，需要寂寞，需要困苦，需要“发愤”，而受幸运之神特别关爱的人是不会具备这些条件的。孙教授在一九五七年的反右派政治运动中被错划为右派分子，在一九六六年至一九七六年的“文化大革命”运动中又遭受打击，前后二十多年，直到拨乱反正，他才在政治上得到改正，在生活上得到清静安稳。我们可以想象，一个受到命运之神二十多年排斥的人，会感到如何孤独和苦闷。这时，只有书籍和文字才是最好的朋友和安慰。我不清楚孙大雨教授何时开始他的翻译工作，又如何在“文化大革命”抄家和焚书后的余烬中重新获得那些书籍，但是他以惊人的毅力译出莎士比亚的八部戏剧作品，一百多篇中国古代诗文和屈原大部分诗作。这些，大概是他七十多岁或到八十岁左右作出的成绩。据知，他每夜在孤灯下勤奋笔耕通宵达旦，白天则吃些粗茶淡饭，及睡觉养神。须知，那落在稿纸上的一字、一句、一行、一页上，积累成上百万字是需要几千个静悄悄的有时炎热有时寒冷的黑夜啊！受宫刑而发愤完成皇皇巨著《史记》的司马迁（前一四五—?）在《报任少卿书》一文中说：“盖文王拘而演《周易》；仲尼厄而作《春秋》；屈原放逐，乃赋《离骚》；左丘失明，厥有《国语》；孙子膑脚，《兵法》修列……《诗》三百篇，大抵圣贤发愤之所为作也。此人皆意有所郁结，不得通其道，故述往事，思来者。”翻阅孙大雨教授的手稿的时候，以上这段话常常在我耳边回响。这样的事例在古今中外有卓越成就的知识分子的身上多有发生。我觉得孙大雨教授也属于这一类人：不幸折磨了他，又成就了他。但愿我们品尝蜂蜜的甜蜜的时候，不要忘记蜜蜂的艰辛吧。

一九九二年，我为一家出版社编一部唐诗英译的时候，向孙大雨的家属征求孙教授现成的唐诗译稿，因而得知他还有屈原诗英译稿困于经费，未能出版。因而，我写了一篇文章《丝将尽，泪欲干》，发表在一九九三年四月二十六日的《新民晚报》上，为孙大雨教授书稿出版事向社会呼吁帮助。意想不到的是，对此事的反响很强烈。著名演员黄宗英女士、著名学者周汝昌教授都为此事写了文章，多家企业提出资助办法。更有一位隐名氏愿出资数万元，资助该书的出版，使得孙大雨教授呕心沥血的翻译终于有机会得以问世。

出版社要我担任此书的特约编辑工作。我做过许多年的编辑，感到义不容辞。但是我没有钻研过屈原，也没有像孙大雨教授如此深厚的英文、文学和史学功力，加上孙教授因年老而记忆和思维能力衰退，遇到某些问题已无法向他请教，因而在编辑过程中不时感到困难。编辑工作有如修路，这数十万字的文稿有如数十千米的公路，不免在这儿那儿遇到浅坑裂缝。我花了半年多的时间尽力作了修补，但是由于力有不逮，可能没有补好，甚至把原来的大路损坏了一点。希望高明的读者给予指正。孙大雨教授已不能译出屈原的全部作品，同时也无法译出莎士比亚全集。这是他和读者们都会感到遗憾的事。莎士比亚和屈原的作品都是世界文学的高峰，人类文化创造中的瑰宝，值得世代有志者的攀登和探讨。这些作品的翻译和传播只嫌其少，不嫌其多。特别是屈原，中外学者历年来有一些翻译介绍，但是比较全面的英译，据知英国霍克斯（David Hawkes）先生于一九五九年出版的包含在《楚辞：南方的歌》一书中的一种。现在孙大雨教授的译本是由我国学者（继林文庆、杨宪益夫妇等之后）贡献的第一部规模庞大的翻译。但愿今后出现其他译者的翻译，甚至全译，使祖国的灿烂文化得以更多更全面地向世界各国推广。不过，我相信，孙大雨教授的这部译本，以其文词优美精当、信而有征为特点，同时包含富有学术性的研究，附带非常详尽的讲解和注释，将不会被取代或淘汰；它将永远闪射出它独特的光辉。

孙大雨教授的女婿孙近仁医师、女儿孙佳始和另外几位家属，以及杨昭花女士作了大量的文稿整理、打字、抄写、复印等工作。孙大雨教授的高足吴起仞先生担任了本书导论、前言和跋的翻译工作，共达十余万字之多，这些都应该在这里提一笔。

一九九五年一月二十一日是孙大雨教授的九十岁寿辰，这本书作为他的生日礼物，将会有特别的意义。

谈怀旧歌曲英译

我在一页英译歌曲的上端写下了一行字："2006 年 2 月 9 日星期四，收到薛范先生寄来。"这使我想起七八年前翻译这些怀旧歌曲的情况。

薛范先生和我都是上海翻译家协会会员，在协会召开一些联欢会、茶话会上，我们相识。他在会员中可说独树一帜。他翻译的不是小说、散文之类的作品。他翻译外国歌曲、特别是苏联歌曲为中文，并且配上原曲谱，可以朗朗上口地歌唱。他以数十年锲而不舍的努力，一共翻译了二千多首，出版了三十多种歌曲集。他翻译的《莫斯科郊外的晚上》、《月光圆舞曲》、《举杯祝贺》、《春天来了》、《心儿在歌唱》、《初恋》等等（也翻译了美国影片《音乐之声》中的插曲等等）在新中国成立后，特别是中苏友好的长时期中，传遍了全国，影响了几代人。一九九一年年底，苏联解体，俄罗斯联邦成为独立国家，叶利钦担任总统。他于一九九七年来我国访问期间，特于十一月十日亲自向薛范先生授予十分珍贵的"友谊勋章"，以表彰他在中俄人民友好、两国文化交流方面所作出的突出贡献。一九九九年十月五日和六日，中俄两国政府分别授予薛范“中俄友谊奖章”、“俄中友谊奖章”及荣誉证书。

他得到这样辉煌的荣誉，的确是实至名归，我以认识这样的翻译家朋友感到自豪。要知道他能够取得这样不凡的成就、作出这样大的贡献，得到这样大的荣誉，是非常不容易的。他自幼患小儿麻痹症，九死一生，侥幸活下来，但是下肢蜷曲不能伸，终身离不开拐杖。出门硬是独自驾着三轮车去学校上学，去图书馆查资料。

我和他同病相怜，但是情况好得多。我青少年时患骨结核，也是肢残。但是病愈后还能摆脱拐杖行走，还能上班下班，还能去五七干校、工厂“战高温”等等。每每想起薛范先生，我便对他不胜敬佩。

回到本文开头说起的事情。那是薛范先生打电话告诉我，香港和澳门同胞有很多是从大陆过去的，很多人年老怀旧，对于三四十年代在上海流行的歌曲很是想念，很喜欢。他们组织大型演唱会，会上要打出歌词字幕，为了一些外国人士能欣赏内容，因此寄给薛范先生许多曲谱，请他翻译歌词为英文。薛范先生约请我参加翻译。他寄来的歌词共有四百四十五行，时间比较紧迫。我虽然从来没有想到过翻译流行音乐的歌词，但是从旁协助薛范先生完成这一个工作，是义不容辞的。现在整理旧稿，我一共翻译了五十首，包括《何日君再来》、《夜来香》、《香格里拉》、《玫瑰玫瑰我爱你》等等。同时，我转请了友人黄福海先生翻译了数十首。他使用电脑，我则手工原始操作。在打印和往来传递方面，都偏劳了黄福海先生。

好的流行歌曲是富有旺盛的生命力的。好的歌词就是好的诗歌。固然，有不少流行歌曲就像流行性感冒那样，永远消失，但是大浪淘沙，时间自然会淘出一些闪闪发光的金沙粒。《诗经》就是我国先民咏唱的歌曲，孔夫子选辑了诗三百首，流传到如今，已属经典，永垂不朽。

“诗言志”，“诗者，民之性情也”，“诗可以兴，可以观，可以群，可以怨”。我国古典诗歌美学中对于诗歌的这些不刊之论，我觉得，也可以用来观察和评价流行歌曲中某些词和诗，曲和调。

上世纪三四十年代，正是我国广大国土遭受日本帝国主义分子侵略蹂躏的年代。当时的上海外国租界，相对来说，是一片孤岛，是一片尚可以喘息，尚可以做些不受反动统治阻碍的文化活动的地方。这就是何以流行歌曲显得繁荣一时。其歌词内容，可能有不少小市民情调，甚至有纸醉金迷、今日有酒今日醉的味道，但是放在时局的大背景之下，不也可以感觉到其中反映在民生多艰、生存不易、生活艰苦的岁月中，一般百姓无可奈何的呻吟、感叹，自得其乐的挣扎状态吗？

我翻译了这五十首，许多是我年少时睡在病床上经常能够从无线电中听到的。因此，对我来说，同样具有怀旧的意义，让我回味那些在梦中方能回味的一去不复返的日子吧。

宽厚仁慈的老人（代编后记）

韦　泱

与年届九旬的吴钧陶老人交往，大概已有二十年了。每次见面，每回聊天，都让我感受到，老人的一颗宽厚仁慈之心。与他有过交往的人，都会受到他的关爱与帮助，都会有这样的切身体悟。年复一年，这样的感受，时时在积累，在触动和温暖着我的心。

以最近的一件小事来说，他的保姆宁阿姨，因家乡安徽采茶较多，无法及时销出。吴老师听说后，明知自己没有助销渠道，却两斤三斤地自掏腰包购买，除留一些自用或招待来客，大多分赠亲朋好友。更不用说，他尽自己所能，帮助文朋诗友，完成各自的事业。多年前某出版社打算组织十来位翻译家翻译米切尔的《乱世佳人》，可是找不到原著，吴老师闻悉，把珍藏几十年的原版书奉献出来。为加快翻译进度，不得不将好端端的原书拆散，给译家分头翻译（那时没有复印机）。别人见之，很感可惜，吴老师却以此为乐。顺便提一下，吴老师是著名藏书家，曾获上海首届十大藏书家荣誉。上世纪九十年代，报上号召捐建希望小学，吴老师觉得家中藏书还值几个钱，愿意捐出冰心等人的旧版文学书，期望以拍卖所得去帮助建个“帐篷小学”。闻听孙大雨的专著因订数不足而无法出版，他更是古道热肠，仗义执言，在报上撰文大声疾呼。

由此，可以看出，吴老师的人缘至深。他的同辈，他的后进，都愿意与他交往。我就常常听他谈起这些人与事，就“敲边鼓”希望他花些时间写下来。这样，我就见证了他写屠岸、写王智量、写钱春绮等文的刊发过程。别家写人物，由一点小事衍化成一篇大文章。而吴老师写人物专稿，花费的时间和精力，不亚于写一部人物传记。他是有剪裁、有节制地浓缩了传主的主要精神与经历。比如他写老友钱春绮先生，不但与传主聊了很多次，还几乎翻阅了传主的所有著译，又把需了解的问题一一写信告知传主，在得到修正或确认后，他才放心地投入写作。一稿二稿三稿，一遍遍修改直到定稿，可谓精准扎实，精练丰满。我爱读人物爱写人物，而吴老师的这些人物专文，都成了我学习的典范。

吴老师在翻译之余，还写下了为数不少的涉及翻译的长文短制。这些文章，有一定的专业性，又不为读者所容易读到。

其实，这里有外国作家的轶事，有外国文学的基本知识，也有吴老师的翻译艰辛和理念。如今，我把吴老师写人物与谈译事的文章收入一辑，想必是读者所盼望和期待的。

吴老师是翻译家，三十年前他从译文出版社退休。他翻译的狄更斯《圣诞欢歌》、史蒂文生《错箱记》、卡罗尔《爱丽丝奇境历险记》等，几十年来一版再版，成为经典名著加上名家名译。他还把中文译成英文，如《鲁迅诗歌选译》《杜甫诗新译》等。吴老师是诗人，系中国作协和上海作协的会员。上世纪五十年代因诗罹祸，戴上“右派”帽子。新时期后，先后有《剪影》《幻影》《吴钧陶短诗选》等多种诗集问世。

但是，吴老师最早写作的体裁，却是写人物的文学传记。而第一部专稿，是上世纪四十年代后期的自传体纪实作品《药渣》。可惜，这部十多万字的处女作，当年因故未能付梓出版。一九五二年至一九五三年，他在太平洋出版社连续编写出版了三种人物传记小册子，即《高玉宝传》《马特洛索夫传》《卓娅传》。他在文学翻译和诗歌创作外的文字，是最不为人知的。所以说，本书《云影》是他在国内第一部正式出版的文集。我很珍惜为吴老师编选此书的难得机会。这是他对我的信任，在我眼中，更视为重于泰山的沉甸甸责任。

吴老师读初中时患了骨结核病卧床六年，不得不在家中自学，从此再未进入学校读书。用他自己的话是“病历多于学历”。但凭着坚韧的毅力，他自学创作与翻译，做到了“妙手著文章”，已着实让人敬佩。而他的“铁肩担道义”，更令我折服。他以病弱之躯，担起了超乎寻常的社会道义，他有乐善好施的仁慈，有心系民众的大爱。借《云影》的出版，以及这篇短短的编后记，表达我对老一代知识分子这种难能可贵的精神之敬意。

二〇一六年五月四日于东临轩

开·卷·书·坊（第一辑）

开卷闲话六编·（子聪）
我的歌台文坛·（宋词）
纸醉书迷·（张国功）
书林物语·（沈津）
条畅小集·（严晓星）
书虫日记二集·（彭国梁）
劫后书忆·（躲斋）
寻我旧梦·（鲲西）

开·卷·书·坊（第二辑）

开卷闲话七编·（子聪）
旧书的底蕴·（韦泱）
听雪集·（许宏泉）
楮柿楼杂稿·（扬之水）
笔记·（沈胜衣）
邃谷序评·（来新夏）
我来晴好·（范笑我）
难忘王府井·（姜德明）
读书抽茧录·（桑农）
旧书陈香·（徐雁）
书虫日记三集·（彭国梁）
书虫日记四集·（彭国梁）

开·卷·书·坊（第三辑）

一些书　一些人·（子张）
开卷闲话八编·（子聪）
书缘深深深几许·（毛乐耕）
西窗看花漫笔·（李文俊）
我之所思·（刘绪源）
自画像·（陈子善）
待漏轩文存·（吴奔星）
文人·（周立民）
左右左·（锺叔河）
温暖的书缘·（徐鲁）

开·卷·书·坊（第四辑）

开卷闲话九编·（子聪）
文坛逸话·（石湾）
渊研楼杂忆·（汤炳正）
转益多师·（陈尚君）
退密文存·（周退密）
回忆中的师友群像·（钱伯城）
旧日文事·（龚明德）

开·卷·书·坊（第五辑）

开卷闲话十编·（子聪）
怀土小集·（王稼句）
雨脚集·（止庵）
云影·（吴钧陶）
白与黄·（张叹凤）
拙斋书话·（高克勤）
北京往日抄·（谢其章）
文人影·（谭宗远）